가끔
사는 게
창피하다

가끔 사는 게 창피하다

(나에게) 상처 주고도 아닌 척했던 날들에 대해

김소인 지음

한겨레출판

작가의 말

2018년 여름, 폭염주의보가 내렸다. 머리에 아이스팩을 올리고 미국 드라마를 주야장천 봤다. 엉망진창이라고 인증받은 것만 골라 하루에 시즌 한 개씩 뗐다. 아무 생각하고 싶지 않았다. 그런데 해도 해도 너무한다. 흡혈귀가 나오는 한 미드는 이런 식이었다. 육체건 정신이건 인간을 훌쩍 압도하는 흡혈귀가 주인공 친구를 납치하면 이 주인공은 일단 쫓아가고 본다. 당연히 잡히고 인질은 둘로 불어난다. 다른 주인공이 또 달려가고 인질은 셋이 되고…. 납치하면 "안 돼" 하고 쫓는 조건반사의 장강이 시즌 10까지 흘렀다. 욱해서 퇴사한 내가 만날 똑같은 방식으로 반응하는 그 주인공들을 비웃었다. 아이스팩에서 녹아내린 물이 흰머리를 타고 흘렀다. 40대, 빼도 박도 못하는 중년이 돼 돌아보니 이런 생각이 덮쳤다. '뭔진 모르겠는데 잘못됐다.'

그 미드 속 주인공들이 나다. 모멸로부터 나를 방어하려고 40년 동안 경고 태세였다. '절대 무시당하지 않겠다'고 순찰을 돌았다. 모른 척하는 눈빛 하나, 말 한마디에도 멱살 한 번 잡을 태세로 직행했다. 경고음이 울리면 날선 행동으로 옮기는 데 1초도 안 걸린다. 이성이 끼어들 틈이 없다. 정신 차려보면 관계의 파편이 날리거나 내가 줄행랑쳐 숨어 있다. 방어적 태도를 취할수록 고립은 심해지고 그러면 더 매달리게 되고 이는 다시 모멸감으로 돌아왔다. 내 방어가 결국 나를 공격하고 있었다. 그런 상태론 타인도 나 자신도 보이지 않는다. 그들의 이야기가 들리지 않는다. 알면서 나는 왜 같은 방식으로 반응할까? 무엇으로부터 나를 지키겠다고 이 난리를 피워왔으며 결국 자신을 경비견으로 부리고 있을까?

내 반응은 위협 상황에서 나타난다는 '싸움-도주' 반응과 닮았다. 베셀 반 데어 콜크의 책 《몸은 기억한다》를 보면, 압도적 위험 속에서 아무것도 할 수 없었던 상흔인 트라우마는 보통의 기억과 다른 형태로 몸에 남는다. 이성의 뇌와 감정의 뇌가 균형을 이뤄 기억을 만들어가는데, 숨 막히는 위험 앞에선

이 두 뇌 사이 대화가 끊긴다. 트라우마를 겪었던 상황은 냄새, 색깔, 촉감 따위로 분리돼 몸의 기억으로 남는다. 이를 떠올리게 하는 어떤 단초도 피해자를 당시 현장으로 되돌려놓는다. 영원히 반복되는 현재다. 비슷한 냄새만으로도 감정의 뇌인 변연계, 그 안에서 '경보 장치'인 편도체가 날뛴다. 스트레스 호르몬이 분출되고 몸은 싸움-도주 반응을 일으킨다. 이 감각이 일어나는 동안 이성의 뇌는 꺼진 상태다. 트라우마 희생자들은 '자기'를 잘 느끼지 못한다. '자기'를 감지하려면 몸이 보내는 감각을 신뢰하고 통합해야 하는데 이는 트라우마의 고통까지 느껴야 한다는 뜻이다. 그래서 차라리 감각의 통로를 닫아버리고 자기를 잃는다. 돌이켜보면, 내 인생에 압도적 트라우마는 없었다. 평탄했다. 그런데 나는 이곳이 안전하지 못하다고 오래 느껴왔고 내 몸은 생각할 겨를도 없이 싸우거나 도망쳤다.

한 마음챙김 수련에서 평생 가장 화났던 순간을 이야기하던 중이었다. 그 순간을 고르는 게 힘들었다. 너무 많으니까. 인간이면 분노할 이야기를 했는데 법사는 "그런데 왜 화가 나냐"고 한다. 열불 뻗쳐 설명을 보태는 중에 법사가 말했다. "당신은 한 번도 상처 주지 않은 사람처럼 말하네요." 내가 내게 했던 거짓말 중 가장 큰 거짓말을 들켰다. 베셀 반 데어 콜크의 스승은 그에게 이렇게 말했다. "우리를 가장 고통스럽게 하는 원천은 우리가 스스로에게 하는 거짓말이다." 자기의 감각, 생각, 경험을 있는 그대로 직면하지 않으면 고통을 주는 무한 반복을 멈출 수 없다. 나는 내게 거짓말을 해왔다. 사랑이라며 타인을 방패막이 삼으려 했다. 세상이 정한 위계를 그대로 받아들여 사람을 그 칸에 따라 분류한 뒤 나를 무시할 가능성이 있는지 점쳤다. 남이 나를 무시한다며 핏대 세우면서 정작 나는 내게 뭘 원하는지 묻지 않았다. 무엇보다, 나 자신을 제외한 그 누구를 위해서도 기도한 적이 없다.

30년 넘게 트라우마를 연구해온 베셀 반 데어 콜크는 트라우마 치료의 핵심으로 '통합'을 꼽는다. 감정과 이성의 뇌는 협

응해 의미를 지닌 '긴 내 이야기'를 만든다. 기억은 이 이야기이지 사실 자체의 꾸러미가 아니다. 냄새, 촉감, 소리 따위로 나뉘어 제각각 몸에 기억된 트라우마의 단상들을 '긴 내 이야기'인 자전적 기억으로 통합해야 한다. 그러려면 자기 감각을 신뢰해 자신과 연결돼야 한다. 자기 몸과 감정의 '주체'가 되어야 한다. 그리고 그 '주체'는 타인과 조화 속에서 안전을 느낄 수 있다. 트라우마로부터 해방되는 순간은 그렇게 찾아온다. 《몸은 기억한다》에서 베셀 반 데어 콜크는 "중요한 것은 '상호 의존'으로 주변 사람들이 나와 나의 말을 제대로 보고 듣고 있으며 다른 사람의 생각과 마음속에 내가 존재한다는 느낌을 받을 수 있는 상태를 의미한다"라고 썼다.

뇌생물학자 게랄트 휘터는 《불안의 심리학》에서 자주 써온 뇌 속 회로는 고속도로가 된다고 분석했다. 자신도 모르는 새 그 도로를 달린다. 막다른 골목에 도착하기 전까지 다른 길은 잘 찾지 않는다. 바뀔 수밖에 없는 절망 속에서 뇌는 다른 길을 뚫는다. 내 머릿속 세상과 타인을 보는 지도는 '함께'가 아니라 '맞서'를 열쇳말로 그려졌다. 40대가 된 나는 다른 지도를 그려보고 싶다. 새 지도를 바탕으로 다른 자전적 이야기를 쓰고 싶다. 얀 마텔의 소설 《파이 이야기》에서 배가 침몰해 227일 동안 태평양을 표류했던 파이가 어쩌면 '피칠갑 살육기'였을 이야기를 벵골 호랑이 '리차드 파커'와 함께한 모험담으로 바꾸듯이. 몽둥이로 맞아가며 15살에 서산개척단에서 강제 노동해야 했던 김정수(70세) 씨가 이를 이겨낸 자신을 긍정하고, 자기 상처를 짚어 타인의 고통을 달래듯이 말이다. 상처는 사람을 연결하기도 한다. 성공할 수 있을지 모르겠다. 다만, 내가 내게 한 거짓말들을 들여다보며 시작한다.

김소민

• 제 1 부 •

퇴사 1년, 흰머리가 쑥대밭이다

• 제 2 부 •

내 나이 마흔,
나는 나로 살아본 적이 있던가

• 제 3 부 •

타인의 슬픔을 이해한다고?

• 제 4 부 •

사람에겐
무조건적인 환대가 필요하다

퇴사 1년, ———

제 1 부

흰머리가 쑥대밭이다

사추기에 인생을 건 사고를 치다

사춘기는 이것에 비하면 별게 아니었다. 사추기는 진짜 무섭다. 열심히 산 것 같은데 인생 절반에 받은 성적표가 온통 양가로 가득 찬 절망감이 급습한다. 어딘지 모를 곳에 불시착해버린 듯한 황당함이 몰아쳤다.

회사도 그 누구도 나한테 잘못하지 않았는데 성질이 났다. 돌이켜보면 나한테 화가 난 거 같다. 이제까지 똥만 싼 거야?

'나는 누구다를 끝내 말하지 못하고 죽는 걸까.' 조급함과 불안감이 몰려왔다. 적어도 나 자신한테는 그 답을 말할 수 있어야 하는 거 아닌가. 다른 사람이야 끌어안지 못하더라도 자신과의 불화는 끝내야 하는 거 아닌가.

왜 그랬을까? 뇌에 무슨 호르몬의 폭풍이 불었는지 회사를 때려치웠다. '이렇게 살고 싶지 않다'고 생각했던 것 같다. 숨이 막혔다. 생존만 한다면 1년을 살아남을 수 있을 만큼 통장 잔고가 있었다. 책임져야 할 식구가 없으니 나 하나 될 대로 되라 싶었다. 그래서 사표를 냈다니까 누군가 그랬다. "사추기에는 인생을 건 사고를 치는구나."

'망해도 상관없어.' 사직서를 내고 첫 주엔 호기로웠다. 대체 '안 망하는 인생'이 뭔지도 모르면서 망할까 봐 너무 오래 무서워했다. 안 망한 사람으로 보이기 위해, 나를 방어하기 위해 힘주느라 관절마다 뻐근했다. 그런데 사추기의 광란이 시작되자 뭔가 망한 기분이 뒤통수를 쳤다.

아무도 말 시켜주지 않는 백수로 한 달을 지내고 난 지금은? 이번엔 정말 망했다는 생각이 든다. 오리무중이다. 퇴사를 해도 깨달음 따위는 오지 않는다. 고지서만 온다. 그럼에도 아직 궁금하다. 학생도 직장인도 아닌 그냥 나. 내 인생이 있을까? 나에게 내가 아무것도 강요하지 않을 때, 나는 내게 무슨 말을 들려줄까? 이런 궁금증은 대외용이고 사실 오라는 데가 없다.

《퇴사하겠습니다》를 지은 이나가키 에미코는 대책 없는 나랑 달랐다. 아사히신문사 기자로 일한 28년, 그 안전한 '주류'의 삶을 벗어나 홀로 서는 방식을 10년 넘게 고민했다.

에미코가 퇴사를 생각한 것은 양배추같이 둥근 '아프로파마'를 하면서부터다. 노래방에서 쓴 가발이 다들 어울린다기에 질렀다고 한다. 당최 회사원에게는 어울리지 않는 스타일이었다. 그때 마흔을 코앞에 둔 그녀에게 회의가 덮쳤다. 마지막까지 이긴다는 건 뭘까. '회사 없는 삶'은 가능한가.

에미코의 퇴사 준비는 덜어내기였다. '없다'는 것의 '호사'를 발견하는 과정이었다. 원전 사고가 터지자 내친김에 급진적인 결정을 내린다. 전기가 없는 척 살아보는 거다. 가전제품 중 가장 버리기 힘들었던 건 냉장고였다고 한다. 막상 없애니 되레 장보는 양이 줄어 좋았다. 그리고 지은이는 '다른 세계'를 봤다. "무언가를 없애면 거기에 아무것도 없는 게 아니라, 그곳에 또 다른 세계가 나타납니다. 그것은 원래 거기에 있었지만 무언가가 있음으로 인해 보이지 않았던, 혹은 보려 하지 않았던 세계입니다."[1]

이 부분에서 '나도 냉장고를 없애볼까' 했는데 마트의 유혹 때문에 아직 안 되겠다. '달걀간장이 뭐지?' 봤다 들었다 하다 궁금증에 사고 만다. 그러면 또 죄책감과 불안이 몰려온다. '달걀간장을 사니 맛있냐? 정신 나갔냐? 월급이 안 들어온다고!' 월급 생각을 하면 목이 메여 달걀간장이 뭔 맛인지 느낄 수가 없다.

백수가 되니 존재가 쪼그라드는 경험도 한다. 만나자는 사람도 없고 나를 소개할 말도 없다. 회사에서만 사회 속의 나를 경험한 탓이기도 하다. 인간관계도 회사가 둘러쳐줬고 하루 필요 인간 접촉량도 회사가 제공했다.

준비를 많이 한 이나가키 에미코도 그랬다. '당신은 누구냐, 당신을 어떻게 믿을 수 있느냐.' 이런 질문을 일상 곳곳에서 마주쳤다. 인간관계도 다시 만들어가야 했다. 그녀는 동네 목욕탕에서 만나는 할머니들과도 연결 고리를 찾아 레이더망을 바짝 세웠다. 나는 경비 아저씨를 노리고 있다.

일본 사회가 얼마나 회사 위주로 짜여 있는지 이나가키 에미코는 백수가 되고 실감한다. 특히 '실업급여'에 분통을 터트린다. 구직 활동의 증거를 내야 한다는 말에 지은이는 되묻는다. 회사를 다녀야만 사회에 기여하는가? 실업급여는 고정소득을 잃은 후에도 일정 기간 삶을 유지할 수 있도록 돕는 안전망 아닌가? 그래도 지은이는 나보다 사정이 낫다. 고용보험에 가입한 지 15년이 넘었지만 제 발로 퇴사한 나는 실업급여를 신청할 수조차 없다. 권고사직으로 처리해줄 수 있냐고 물었더니 인사팀 직원이 농으로 답했다. "그러니 크게 깽판을 치고 잘리셨어야죠." 정말 아까웠다. 거의 다 된 거였는데.

일이란 뭔지도, 이나가키 에미코는 회사를 그만두고 되레 분명해졌다고 한다. "회사에 들어가는 것도, 돈을 받는 것도 아닐 것입니다. (…) 다른 사람을 위해 무언가를 하는 것, 그것은 놀이와는 다릅니다. 다른 사람을 기쁘게 하기 위해서는 반드시 진지해져야 합니다. 그렇기에 일은 재미있습니다."[2]

이나가키 에미코의 말이 배부른 소리처럼 들리기도 한다. 내 비극은 통장에 입금이 되지 않으면 진지해질 수가 없다는 점이다. 에미코는 일단 직장생활을 정규직으로 오래했다. 목구멍이 포도청이 아니다. 학자금 대출을 걱정하는 사람들, 퇴사 고민은커녕 회사 안으로 한 발 내딛기도 힘든 사람들한테는 호강에 겨운 모험인 셈이다.

그럼에도 이 책은 반드시 고민해야 할 거리를 던져줬다. 결국 자유에 대한 이야기다. 홀로 행복할 수 없다면 둘이서도 행복할 수 없다. '무엇이' 반드시 필요한 상태라면 그 '무엇'에 반드시 매이게 되는 것 같다. 나는 '무엇'이 없으면 못 살 것 같은가? 그 '무엇'이 없는 삶을 한번 살아볼 수도 있지 않을까?

책의 마지막 말이 그래서 기억에 남는다.

"연결되려면 우선 혼자가 될 필요가 있습니다. …(끈 떨어진 연 신세지만) 하지만 정말 웃음이 나오고 마는지라. 그건 아마도 내가 자유롭기 때문일 것입니다. 불안하고 고독하고 그러나 그걸 어떻게든 견뎌낼 수 있는 나 자신이 있습니다."[3]

나로 말하자면, 쌓이는 고지서 때문에 완전히 자유롭지는 못하다. 불안하고 고독하긴 한 거 같다. 40대에 밑도 끝도 없는 방황을 선물한 내 자신이 고맙기도 하고 밉기도 하다. 아직은.

1, 2, 3

이나가키 에미코 지음, 김미형 옮김,
《퇴사하겠습니다》,
엘리, 2017.

내 감정은 진짜 내 걸까?

'묻지 마' 퇴사를 하고 한 달, 집 앞 편의점 앞에서 망설였다. 50대 주인 아줌마 얼굴이 매대 사이로 얼핏얼핏 보였다. '야간 알바 구함.' 유리문에 붙어 있었다. 나이 제한이 없다. 드문 기회다. '아직 퇴직금이 있는데…. 이 나이에 야간 알바는 무리 아닐까?' 사표를 쓰겠다고 했더니 누군가 한국에서는 "숨만 쉬어도 돈이 많이 든다"고 했다. 한 달

동안 생활비가 빠져나가는 속도를 보니 곧 내가 숨 쉬는 걸 저주하게 될지도 모른다. '퇴직금은 곧 마트 차지다. 퇴직금이 네 것이라고 생각하는 건 네가 아직도 어른이 못 됐다는 증거다.' 두 마음 사이에서 갈등했다. 무엇보다 편의점 알바로 손님하고라도 얘기하고 싶었다. 이제 말 시켜주는 사람은 다 고마웠다. 이렇게 1년이 가면 모든 인류를 사랑할 수 있을 것 같다.

체력과 퇴직금을 밀리그램 단위로 저울질하다 보니 '알바 구함'이 어느새 사라지고 없다. 물 한 병 사며 슬쩍 물으니 군대를 막 제대한 청년을 하루 만에 구했다고 한다. 왠지 모를 낭패감이 들었다.

이나가키 에미코는 책 《퇴사하겠습니다》에서 쓸데없는 자존심을 버리는 게 중요하다고 했는데 난 아직도 '왕년엔 말이야'에 묶여 있나 보다. 선생님, 부모님, 회사에 인정받으려고 버둥거렸던 그 '왕년'에 정작 행복하지도 않았으면서 말이다. 아무도 내 '왕년'에는 관심이 없는데 나 혼자만 그때를 틀어쥐고 있다. 자존심은 자신을 배신하는 감정인 것 같다. 그걸 지키려면 내가 아닌 타인의 룰에 따라 이겨야 하기 때문이다. 그걸 지키려다 내가 사랑하고 싶었던 사람들에게 상처를 주기도 한다. 자기를 조정당하기 쉬운 존재로 만드는 망할 놈의 감정인데,

당최 놓을 수가 없다.

편의점 알바 자리를 놓치고 나니 싱숭생숭해져 현실에서 가장 멀리 떨어진 곳으로 가고 싶어졌다. 듀나, 김보영, 배명훈, 장강명이 쓴 SF 소설집 《아직 우리에겐 시간이 있으니까》를 든 까닭이다. 근데 이 SF, 너무 현실적인 거 아닌가? 때가 때이니만큼 소설집에서 가장 강렬했던 건 장강명의 〈당신의 뜨거운 별에〉였다. 금성이 배경인 SF인데 지구 무직자인 내 고민이 뜨겁게 녹아 있다. 그렇다고 금성 실업자가 나오는 건 아니다.

리얼리티 TV쇼를 만드는 프로듀서와 광고주 대리인의 대화로 소설은 시작한다. 이번 에피소드는 금성탐사선에서 일하는 연구원 유진과 반항아 딸이 금성에서 딸의 결혼식을 함께 준비하며 서로 이해하게 되는 휴먼 드라마로 틀을 잡아간다. 엄마의 자기장 밖으로 튀쳐나간 딸은 엄마와의 연결 고리를 모두 끊으려 과학적 재능을 던지고 예술가로 살았다. 그 둘이 10여 년 만에 다시 주고받게 된 다정한 손 편지가 이 휴먼 드라마의 계기가 됐다.

이 엄마는 왜 딸에게 손 편지를 보냈을까? 이 딸은 왜 답장을 했을까? 엄마는 도망치려고 하는 중이다. 무엇으로부터? 딸은 금성에서 '디지털 배우' 로봇들이 대신

벌이는 결혼식 축하 공연을 짠다. 방송 제작자들을 눈속임하려는 연막이다.

4년 전 탄산음료 회사는 금성에 보내주는 조건으로 유진에게 리얼리티 쇼를 제안했는데 유진은 연구 욕심에 이를 받아들인다. 어차피 싫으면 1년 지나 계약을 끝내면 되니까. 그런데 계약을 연장할 시기가 될 때마다 유진은 연구열에 진지해지며 '그래 좀 더'를 결심한다. 카메라가 돌아갈 때면 눈물바람이 절로 난다. 왜 이럴까? 그 비밀을 알게 된 건 "사흘째 폭풍우 치는 밤이었다."

내 감정의 고삐를 내가 쥐지 못한다면, 매 순간 결정을 내린 주체가 자신이라고 할 수 있을까? 작가는 유진의 생각을 빌려 말한다.

"다른 사람이 답안을 알려준 정답과 자신이 선택한 오답 중 하나를 선택해야 한다면 당연히 후자다. 사람은 오답을 선택하면서 그 자신이라는 한 인간을 쌓아가는 것이다. (…) 유진은 처음으로 딸을 이해할 수 있게 되었다. 오답을 선택하기 위해 자신으로부터 도망친 아이."[4]

유진의 독백에서 자유로운 지구인은 많지 않을지 모르겠다. 초등학교 5학년인 조카의 친구도 생각난다. 그 애 엄마는 애가 한순간이라도 멍 때리면 걔 인생이 폭삭 망할지 모른다고 생각하는 공포증 환자다. 공포는 그 엄마 탓만은 아니다. 내가 닥치고 모범생이 되려고 노력했던 까닭은 사람대접을 받지 못할지도 모른다는 공포였다. 공포는 힘이 세서 다른 감정을 다 잡아먹어버린다. 일단 살고 봐야 할 것 아닌가. 때때로 그런 생각까지 든다. 국가건 회사건 사람이 사람대접을 못 받는 제도를 고칠 수 있으면서 일부러 내버려두는 건 아닐까. 그래야 모두 공포에 질려 다른 꿍꿍이를 못 가질 테니까. 조카 친구 엄마는 더 좋은 학원이 빼곡한 분당으로 이사 가는 게 꿈이다. 나는 걔 엄마가 절대 대출을 받지 못하길 기도한다. 공포에 휘둘린 뇌는 이상한 결정을 내려버린다. 그 뇌가 내린 결정은 내가 내린 결정일까? 그 공포에서 벗어나 내가 내린 결정으로 사는 건 불가능할까? 퇴직금이 떨어지면 불가능하겠지.

사소한 일로 욱해 직장 상사에게 막말을 하고 뛰쳐나온 날, 오랜 친구에게 왜 날 무시하냐며 관계를 끊자고 메일을 보낸 날, 왜 당신의 사랑은 변하냐며 당연히 변하는 것에 변하지 말라고 발광했던 날, 그 분노로 부글부글 끓던 뇌를 떠올린다. 기억과 상처가 현재를 쥐고 흔든다면, 그에 따라 안전장치 없이 발사되는 뇌 속의 온갖 호르몬 칵테일을 들이켜고 감정이 어느 참에 회칼을 휘두르고 있다면, 그건 내 인생일까, 아닐까?

탈주는 정말이지 목숨을 건 일이었다. 탄산음료탐사선을 '탈옥'한 유진은 금성에 있는 무인자동차탐사선까지 지피에스GPS 신호도 나침반도 별자리도 없는 길을 지형지물만 보고 걸어야 한다. 그것도 정해진 시간에 도착하지 못하면 죽는다. 처절한 고독이 따라온다. 그렇게 다다른 무인자동차탐사선이 결국 또 다른 탄산음료탐사선이라면? 탈주 자체만이라도 유진의 삶에 의미가 돼줄까? 확실한 건 유진이 금성 위를 스스로 걷기로 결심하지 않았더라면, 이 이야기는 없었을 거란 점이다.

4

듀나·김보영·배명훈·장강명 지음,
《아직 우리에겐 시간이 있으니까》
숭 상상병 삭 〈낭신의 쓰거운 벌에〉,
한겨레출판, 2017.

이제부터
그냥
딸

"저게 말이 되냐!" 드라마 〈밥 잘 사주는 예쁜 누나〉를 보다가 소파에서 벌떡 일어났다. 허리에 두 손을 올리고 서서 씩씩거리는 나를, 엄마는 참외를 먹다 쳐다봤다. 여자 주인공 윤진아의 연애를 반대하는 극중 어머니가 딸을 잡으러 한밤에 딸의 남자 친구 집으로 쳐들어가는 장면에서였다. "다섯 살도 아니고 서른다섯 살 먹은 딸이야. 내일

모레 마흔이라고. 그런데 엄마가 헤어져라 마라 하는 게 말이 되냐고. 이런 설정이 지금 한국에서 말이 되냐고." 엄마는 참외를 한 입 베어 물었다. 그러고는 이내 작은 씨들을 뱉어내며 심드렁하게 말했다. "나는 이해되는데. 딸이 가진 것도 없고 부모도 없는 거나 마찬가지인 남자랑 사귀겠다고 하면 반대할 수도 있지. 윤진아네 엄마가 불쌍해서 돌봐준 남자라잖아. 동정했다는 건 자기랑 같은 수준의 사람으로 안 봤다는 거지." 나는 분을 못 참고 거실을 왔다 갔다 했다. 엄마는 "참외가 생각보다 덜 달다"며 다음부터 다른 마트에 가겠다고 했다.

남녀 주인공이 연결됐으면 하는 바람 때문은 아니었다. 초반부터 남자 주인공이 별로였다. 네 살 연하인 남자 주인공은 여자 친구를 강가에 내놓은 애 다루듯 한다. 여자 친구가 아흔 둘이면 이 설정이 이해가 된다. 층계만 내려가도 고관절 부러질까 불안할 수 있다. 여자 친구는 10년 넘게 직장 생활을 견뎌왔다. 그런 여자의 저력을 이 어린 남자는 조금도 믿지 못하면서 사랑이라고 한다. 그러니 내가 갑작스러운 극중 엄마의 태클에 원더우먼 자세까지 취하며 분기탱천하는 건 이상하다. 나는 뭔가 다른 이유로 분노하고 있었다.

우리 엄마는 윤진아 엄마랑은 다르다. 내 인생에 콩 놔라 팥 놔라 한 적이 없다. 그러나 나는 '공부 잘하는 큰딸'이어야 했다. 이 문장을 보고 재수 없다고 생각하시는 분들은 조금만 참아주시라. '공부 잘하는', 이런 비슷한 말만 들어도 나는 가슴속에 분노가 끓어오른다. 그런 덕담을 하는 사람들에게 침을 질질 흘리며 코를 파주고 싶은 충동마저 가끔 인다. '공부 잘하는 큰딸'이었던 덕에 한국 사회에서 더 많은 기회를 잡을 수 있었다는 건 안다. 그런데 '공부 잘하는 큰딸'은 무거운 멍에이기도 했다.

어쩌면 이 말이 더 맞을지 모르겠다. 엄마는 나한테 콩 놔라 팥 놔라 할 일이 없었다. 학창 시절에 나는 주류에서 1밀리미터도 벗어나지 않겠다고 마음속에 혈서를 쓴 아이였으니까. 서울 강남에서 학교를 다녔다. 80년대~90년대 초반의 개포동은 지금과 달랐다. 도로 하나를 두고 둘로 나뉘었다. 내가 사는 길 건너편, 13평 임대아파트 사람들은 연탄을 때느라 겨울에도 창문을 열어둬야 했다. 길 저쪽 편이 사람들이 생각하는 그 '강남'이었다. 그 중간에 있던 초등학교를 다닐 때, 6학년 담임선생님은 '진짜 강남' 아이들하고만 빙 둘러앉아 점심을 먹었다. 엄마는 그 '진짜 강남' 아이들의 보따리 과외 선생님이었다. '진짜 강남' 아이들에게 진이 빠진 엄마는 집에 돌아오면 코트를 입은 채 이불 위에 쓰러졌다. 자기 또래 '진짜 강남' 아줌마들이 건네는 과

외비를 버느라 엄마 목에는 혹이 생겼다 사라지기를 반복했다.

학교에서 나를 지키는 길, 세상에서 엄마를 지키는 길은 공부밖에 없다고 생각했다. '진짜 강남' 아줌마들 앞에서 엄마가 기죽지 않도록 엄마의 명예가 돼주고 싶었다. 엄마가 요구한 적이 없는데도 혼자, 장엄하게, 되도 않는 짐을 진 거다. 나는 어떤 사람인지, 내가 진짜로 원하는 것은 무엇인지, 내 결핍은 무엇인지, 내가 얼마나 모든 삶의 영역에서 덜 자랐는지 생각할 여유 따위는 없었다. 이른바 명문대를 갔고, 좋은 직장을 다녔다. 어머니는 기뻐했다. 나는 엄마가 동창회에서 자랑할 만한 딸이 되어서 안심이었다. 그리고 마흔 살이 넘은 지금, 어느 날 갑자기 사표를 내던지고서야 미루고 미뤄뒀던 성인식을 치르고 있다. 타인에게 내가 어떤 의미인지가 아니라 나 자신에게 나는 누구인지 돌아보는 첫 연습을, 흰 머리를 뽑으며 하고 있다.

이승욱, 신희경, 김은산이 쓴 책 《대한민국 부모》를 보면, 사랑이라는 이름으로 자식을 잡아먹는 '포식자' 부모들이 나온다. 자식을 자신의 욕망을 담는 자루로 여기면서 사랑이라고 말한다. 자신의 불안을 잠재우려 아이를 닦달하고, 자신이 누구인지 모르기 때문에 자식을 조정하는 방식으로 삶의 의미를 찾으려 하는 사람들이다. 〈밥 잘 사주는 예쁜 누나〉에서 윤진아 엄마도 '너를 위해 그런다'지만 사실은 딸의 인생을 쥐락펴락하려 드는 '포식자'다. 그러니 부모도 아이도 성장을 유예하며 만수산 드렁칡이 얽히듯 기괴하게 묶여 있다.

이런 '포식자' 부모만의 잘못이라고 생각하지는 않는다. 그들의 불안을 나도 잘 안다. 엄마는 나에게 아무것도 요구하지 않았지만 내가 스스로 기대에 부응하겠다고 날뛰었던 까닭은 초등학교 6학년 때 선생님의 차별을 보고 느꼈던 불안, 최선을 다해 일해도 모멸을 감수해야 했던 엄마를 보며 느꼈던 불안 탓이 크다. 한국사회의 입맛에 꼭 맞는 사람이 되지 않으면 당최 나와 엄마를 지킬 수 없을 것 같았다.

그 '포식자' 부모들에게 돌팔매질을 할 수 없는 까닭은 또 있다. 나도 '포식자'의 사랑을 했기 때문이다. 애인에게도 마찬가지다. 통제하려는 욕망, 텅 빈 삶을 그의 삶으로 채우려는 욕망, 그의 인정으로 나를 찾으려는 욕망, 그걸 사랑으로 착각한 적이 있다.

엄마한테 실업자가 됐다는 말을 하지 못하다가 퇴사하고 두 달이 넘어 전화했다. 엄마는 묻지도 따지지도 않았다. "잘했다. 마음 편한 게 최고다." 내 사랑스러운 엄마에게 이렇게 말하고 싶었다. "엄마 인생은 내가 보탤 게 없이 멋져. 나는 이제부터 엄마의 '그냥' 딸이야."

당신의 이야기를 그대로 들을 수 있을까?

일일 필요 발성량이 있는 것 같다. 회사를 그만두니 말할 사람이 없다. 난데없이 묵언수행 중이다. 퇴사하고 첫 주에는 한여름 개처럼 집에서 입을 헤벌리고 있다. 가끔 혼자 중얼거리기도 한다. 그럴 때면 지난겨울 지하철역 앞에서 본 여자가 떠올랐다. 체감온도가 영하 10도라는 날, 퇴근길이었다. 롱패딩으로 꽁꽁 싸맨 행인들 사이, 반백의 여자가 있었다. 낡은 청바지에 보라색 봄 점퍼 차림이었다. 고개를 45도 각도로 튼 그녀는 롯데리아 앞에서 뭔가를 계속 말하고 있었다. 허공에 대고 말하고 또 말했다. 아무도 듣는 사람은 없었다.

일일 발성량을 채우려고 성당에 갔다. 성가 몇 곡을 부르면 하루 필요량을 대충 메울 수 있다. 동사무소에도 문화 프로그램 같은 걸 물어보러 갔다. 편의점 주인아줌마한테도 "날씨가 참 좋죠" 따위 쓸데없는 말을 했다. 세 시간 걸려 동물임시보호소로 가서 고양이 똥을 치우고 세 시간 걸려 집으로 돌아왔다. 고양이는 말이 없었다. 어쩌다 사람을 만나면 혼자 떠들어 민폐를 끼친다.

한 달이 지나니 중얼거리는 증상은 줄어들었다. 어느 날부터 하루 종일 아무 말을 하지 않아도 조용히 잠들 수 있게 됐다. 그리고 알았다. 내가 사람을 도구로 써왔다는 걸 말이다. 이제까지 했던 수많은 대화 가운데 진짜 대화는 몇이나 됐을까. 대화를 가장해 내 말을 상대에게 쏟아내며 다른 사람을 내 발설 욕망을 받아내는 그릇으로 이용했다.

《랩걸》의 저자인 과학자 호프 자런은 식물의 이야기를 듣는 사람이다. 자신의 성장기와 식물 이야기를 병렬로 쓴 이 책에

"이끼에서 세상의 모든 빛"을 발견하기까지의 과정을 담았다. 자런은 결코 식물을 이해할 수 없다는 걸 받아들이면서 과학자가 됐다. 인간에게 목재나 식량인 식물이 어떤 투쟁을 벌이는지는 식물의 관점이 되어야 보인다. 자런의 여정은 불가능하다는 걸 알면서도 어떤 대상을 이해하기 위해 끊임없이 최선을 다하는 과정이다. 그러니 이 책은 식물을 향한 자런의 연애담이기도 하다.

식물의 관점으로 바라본 삶은 놀랍다. 땅에 뿌리를 박고 환경에 수동적으로 적응한다고 여겼던 식물이 실은 어마어마하게 대담한 도박꾼이다. 적극적으로 환경을 바꿔가는 개척자이기도 하다.

"매년 지구의 땅에 떨어진 수백만 개의 씨앗 중 5퍼센트도 안 되는 숫자만이 싹을 틔운다. 그중에서 또 5퍼센트만이 1년을 버틴다."[5]

싹을 틔우는 일은 생사를 건 모험인데, 그 결정적 순간을 체리나무 씨앗은 100년도 기다린다. 연꽃은 2천 년을 기다리기도 한다. 결단을 내리는 순간 씨앗은 모든 양분을 소진해 뿌리를 내린다. 식물은 모든 것을 걸고 자신이 되어야 한다. 식물은 홀로 살지 않는다. 곤충의 공격을 받은 시트카 버드나무는 독특

한 유기화합물을 만들어 다시 반격하는 동시에 이 화합물을 공중에 분사해 1~2킬로미터 떨어진 다른 시트카 버드나무들도 방어 태세를 갖추도록 돕는다.

실험명 'C-6.' 유전적으로 동일한 여러 실험 식물 가운데 하나였다. 종이컵에 심은 C-6은 이상한 행태를 보였다. 이파리들을 이리저리 경련하듯 뒤튼다. 아무 이유가 없어 보인다. C-6로 자런이 어떤 발견을 한 건 아니다. C-6는 결국 쓰레기통행이 되지만 우리는 안다. "C-6는 무언가를 하고 있다."

분명 실패일 것을 알면서도 끝끝내 이해하려는 정성이 사랑인지 모르겠다.  그렇게 상대를 껴안게 됐을 때 이해불가한 자신도 받아들이게 되나 보다. 자런의 실험 동료인 빌. 남편도 애인도 아닌 그가 이 책에 누구보다 자주 나오는 인물이다. 자런에겐 빌이 또 다른 식물이다. 토양 분석 작업 중에 무리에서 떨어져 홀로 땅을 파던 남자, 열두 살에 집 마당으로 가출해 땅굴을 파고 살았다는 남자, 오른쪽 손가락 반이 없는 남자다. 20대에 만난 자런과 빌은 '쥐구멍'이라고 부르는 방에 함께 살면서 아침과 점심은 에너지 드링크로 때우는 시절을 함께 견뎠다. 그렇게 그들은 아무런 말도 없이 또는 한없이 재잘대며 여러 날을 함께할 수 있는 사이, 그 곁에서 '자기 자신'일 수 있는 관계가 된다.

이런 장면은 통째로 인용하지 않을 수가 없다. 동료 과학자들한테 '없는 사람' 취급을 당하던 두 사람이 알래스카의 어느 언덕에서 벌인 행각을 묘사한 부분이다. 빌이 손가락 탓에 어린 시절 따돌림을 당했고 댄스 파티에도 못 가봤다는 이야기를 대수롭지 않은 듯 털어놓는다. 자런이 말했다. "춤을 춰봐."

"그는 빙하 쪽으로 몇 걸음 걸어가서 내게 등을 보인 채 오랫동안 거기 서서 그쪽을 바라봤다. 그러더니 서서히 원을 그리고 돌기 시작하면서 발을 구르고, 사이사이 훌쩍 뛰기도 했다. 처음에는 어색하게 시작했지만 얼마 가지 않아 전력을 다해서 빙빙 돌고, 발을 구르고, 훌쩍훌쩍 뛰면서 열정적으로 춤을 췄다. 그리고 자신을 잊은 듯 몸을 움직였다. (…) 그곳, 세상의 끝에서 그는 끝이 없는 대낮에 춤을 췄고, 나는 그가 되고 싶어 하는 사람이 아닌 지금의 그를 온전히 받아들였다. 그를 받아들이며 느껴진 그 힘은 나로 하여금 잠시나마, 그 힘을 내 안으로 돌려 나 자신도 스스로 받아들이는 것이 가능하지 않을까 생각하도록 했다."[6]

책날개를 보니 호프 자런은 풀브라이트상을 세 번이나 받은 유일한 여성 과학자다. 글까지 잘 쓴다. 나랑 같은 40대다.

자괴감이 들어 괜히 읽었나 했다. 이 책의 장점은 위로도 담겼다는 것이다. 호랑이가 되고 싶다는 아들에게 자런은 이렇게 말한다. "자기가 원래 되어야 하는 것이 되는 데는 시간이 아주 오래 걸린단다."[7]

그래도 40년은 너무 긴 것 같다. 그럼에도 결코 완전히 이해할 수 없다는 사실을 인정하면서도 끝끝내 이해하려 한다면, 어느 날 나도 그 안에서 세상의 모든 빛을 볼 수 있을까. 일일 필요 발성량을 채우러 갔던 성당에서 신부님이 이런 말을 했다. "원죄는 듣는 능력을 상실한 것이고 부활은 그 능력을 회복하는 것이다." 상대에게 자유를 주는 사랑을, 내 깜냥에 죽기 전에 할 수 있을까? 타인을 그대로 받아 안아 나 자신도 안을 수 있을까?

5, 6, 7

호프 자런 지음,
신혜우 그림, 김희정 옮김,
《랩걸》, 알마, 2017.

가장
괴로운 건
고립감

퇴사 1년째, 괴로운 건 고립감이다. 어디를 가도 내 자리가 없는 것 같은 느낌이 덮치면 컴퓨터를 켠다. 드라마는 항상 이야기를 들려주니까. 조선시대 좀비물 〈킹덤〉 6부작을 내리 보며 혼자 중얼거렸다. "좀비들은 낮에 자잖아. 근데 왜 해 질 녘에 나대냐고! 낮에 공격하라고." 좀비물에 꽂혀 미드 〈워킹데드〉 시즌 여덟 개를 섭렵하고 나니 내가 좀비다. 그렇게 미드를 몰아보는데도 왜 영어는 한 땀도 들리지 않는지 모르겠다.

고립감은 낯설지 않다. 항상 왕따가 될까 두려웠다. 학교 다닐 때, 그 결정은 내가 하는 게 아니라 학년 첫날 자리 배치가 했다. 주변에 말 걸어주는 사람이 있으면 1년은 그나마 안전하다. 다른 아이들이 '서태지와 아이들' 춤을 출 때, 혼자 '사이먼 앤 가펑클'의 〈아임 어 락I'm a Rock〉을 들으며 "섬은 고통을 느끼지 않지"라고 청승을 떨었다. 대학 때는 술자리에만 가면 나를 중심으로 기가 막히게 두 패로 갈렸다. 남들이 술잔을 돌릴 때 나는 심판처럼 이쪽저쪽 고개를 돌리다 가방을 챙겨 집으로 돌아왔다. 그렇게 내밀 손이 없는 것처럼 가만히 있었다.

리베카 솔닛의 수필집 《멀고도 가까운》에 나오는 이야기다. 덴마크인 탐험가 페테르 프로이켄은 스무 살에 북극에서 홀로 겨울을 보낸다. 1906년에서 다음 해로 넘어가는 겨울, 그린란드 북동쪽 푸스터리비크 빙상 끝에서 그는 혼자였다. 가로 2.7미터, 세로 4.5미터 크기의 거처는 그대로 감옥이 됐다. 그의 입김이 벽과 천장에 얼어붙었다. 숨을 쉴수록 집은 작아졌다. 자기 숨에 갇혀버린 꼴이 됐다.

내가 만든 내 이야기에 갇혀버리기도 한다. 그 이야기가 어디서부터 왔는지는 알 수 없다. 아버지의 아버지, 어머니의 어머니에게서 시작됐을지도 모를 일이다. 중요한 것은 그 이야기에 살을 붙이며 붙들고 있는 사람은 나라는 거다. 타인에게 손을 내밀 수 없는 '외톨이'는 내가 붙든 내 이야기다. 운명의 피해자 코스프레를 하지만 그 이야기를 버리지 않는 건 내 선택이다. 분명히 거기서 나도 모르게 취하는 정서적 이득이 있다. 손을 내밀 필요가 없을 만큼 나는 '다른', '특별한' 사람이라는 자아도취이거나 거절당하는 고통을 감내하지 않으려는 비겁함일 테다. 무엇보다 두려움 때문인 것 같다. 내가 갇힌 이야기는 익숙한 감옥이다. 그 안은 불행할지라도 예측 가능하다. 다른 내가 되려면 지금의 내가 사라져야 한다. 생소한 행복보다 익숙한 불행을 택하기 쉽다고들 하지 않나. 이야기엔 감정이 들러붙고 감정은 이야기를 다진다.

체 게바라가 젊은 시절 돌봤던 나병 환자들에 대해 친구와 이야기를 나누다 리베카 솔닛은 깨달았다. "자아를 규정하는 것은 고통의 감각"[8]이라고. 친구는 환자들의 손, 발이 상하는 까닭은 병 때문이 아니라고 했다. 신경이 짓눌려 아무런 감각을 느낄 수 없기 때문에 그 부위를 돌보지 않아 잃게 된다는 것이다. 고통을 느낄 수 있는 부위가 늘어날수록 자아는 넓어진다.

자기가 만든 동굴에서 나갈 수 있는 길은 감정이입이 연다. 귀가 뚫렸다고 다 들리나. 들린다고 다 말인가. 공짜가 없다. 자기 목소리를 죽여야 남의 말이 들린다. 소리가 말이 되려면 타인의 고통 속으로 들어가야 한다. 그 고통을 똑같이 느끼지 못하더라도 내 고통의 모든 참고자료를 꺼내보며 다가가려는 용기가 필요하다. 그때에만 동일시라는 확장을 경험할 수 있다.

그 확장이 연대다. 리베카 솔닛은 "당신이 누구와 혹은 무엇과 스스로를 동일시하느냐에 따라 당신의 정체성이 구축된다"[9]라고 썼다. 그녀는 독재 정권에 맞선 버마 승려들과 연대하며 수천 킬로미터 떨어져서도 연결된 느낌을 받는다. 내가 달콤한 내 비극을 쓰는 동안 타인의 비극은 들리지 않았다.

같은 책에 블루스 음악가 찰리 머슬화이트의 금주 사연이 나온다. 알코올중독자였던 그는 1987년 한 라디오 방송을 듣다 술을 끊었다. 막 아장아장 걷는 아이가 우물에 빠진 날이다. 그 구조 작전이 실시간으로 전파를 탔다. 머슬화이트는 "아이가 구출될 때까지는 술을 한 방울도 먹지 않겠어"라고 다짐했다. 그날 아이뿐만 아니라 머슬화이트도 술에서 구조됐다.

허5파6의 웹툰 〈여중생 A〉의 주인공 미래는 열여섯 살 왕따다. 아버지가 집에 오는 날이면 옷장에 숨는다. 어쩌다 걸리면 맞는다. 학교 소풍 전날엔 비가 오기를 빈다. 이 웹툰은 미래가 자신의 고통을 재료 삼아 타인의 고통을 이해하고 '나 같은 건 아무도 좋아하지 않아'라는 네버엔딩스토리를 깨고 나오는 이야기다. "나 지금 엄청 어려운 스테이지를 깨고 온 느낌이야."[10] 미래는 어느 날, 반 친구 유진에게 한 이벤트에 제출할 그림을 그려달라고 부탁한다. 손톱을 물어뜯고 덜덜 떨며 말했다. 그렇게 친구가 돼 유진의 어깨에 머리를 살짝 기댄다. 미래는 사람 사이에 선을 긋고 경계한 건 자신이었다고, 자신의 교만이었다고 고백한다. 연대의 경험을 해본 미래는 이렇게 말한다. "사람은 반드시 다른 사람에게 영향을 끼치며 살아간다는 것을 알게 해준 사람들."[11] 마흔이 넘은 나는 열여섯 살 미래만큼 용감한 적이 없었다.

"안녕"이라고 말 거는 게 왜 이리 어려울까. 노력해보지 않은 건 아니다. 내겐 두 가지 선택지가 있다. 실패더미들로 '나는 왕따잖아'라는 이야기에 물을 대주거나 '나는 나가려고 하잖아'라고 부추기거나. 익숙한 이야기의 관성은 웬만한 충격으로는 깨지지 않는다. 때론 궁지가 '내가 만든 내 이야기'에서 탈출할 수 있는 기회다.

아직도 배가 덜 고픈 걸까? 아니면 좀비로 제 살을 뜯어먹으며 살래? 컴퓨터를 켜는 거 보니, 더 불행해야 바뀔 모양이다.

8, 9,

리베카 솔닛 지음, 김현우 옮김,
《멀고도 가까운》,
반비, 2016.

10, 11

허5파6 지음,
《여중생 A》,
비아북, 2017.

세상은 왜 이토록 두려울까?

상상은 무라카미 하루키였는데, 실상은 동네 백수다. 기사를 보면, 하루키는 매일 새벽 4시에 일어나, 한 시간을 달리고 바로 일을 시작한다. 원고지 스무 장을 쓰고 오후엔 음악을 듣거나 좋아하는 일을 하다가 밤 9시에 잔다. 1년에 한 번 마라톤 풀코스를 뛴다. 장강명 작가는 스톱워치로 시간을 재가며 매일 여덟 시간씩 일한단다. 회사를 그만두고 24시간이 내 손 안에 쥐어졌을 때, 그렇게 살 수 있을 줄 알았다. 회사가 일어날 시간, 밥 먹는 시간, 일할 시간을 정해주는 삶이 얼마나 내 것 같지 않았던가. 그런데 24시간이 주어진 지금, 이 삶이 되레 내 것 같지 않다. 액체 괴물처럼 마냥 침대에 눌어붙어 있다. 내가 내 맘대로 안 된다. 남이지 싶다.

'미쳤냐?' 대체 어쩌다가 인터넷에서 톰 크루즈와 케이티 홈즈의 딸 수리 크루즈를 보고 있는지 모르겠다. 뭔가를 검색하려고 인터넷에 들어갔다가 실시간 검색어에서 김태리를 봤던 것 같은데, 정신 차려보니 "수리 많이 컸네" 하고 있다. '하루 필요 인간 접촉량'을 채우지 못하는 날이 많다 보니 에스엔에스SNS를 마냥 헤매게 된다. 남의 일상을 보는 걸로 내 일상을 채운다. 이래선 안 되겠다 싶어 "페이스북 없는 삶을 실험하겠다"고 페이스북에 공언했다. 무인도 같다. 딱 이틀 갔다. 광속도로 돌아온 게 창피해 '좋아요'도 못 누른다.

퇴사의 큰 단점은 하루가 엉망진창으로 녹아내려버릴 때 그 누구도 탓할 수 없다는 점이다. 똑같은 말을 몇 시간 하다가 원점으로 돌아가는 회의도 없고, 얼토당토않은 일을 시킨다고 욕할 상사도 없다. 빼도 박도 못하는 내 탓이다. 내 통제를 벗어난 나를 보고 있자면 불안의 너울이 덮친다.

세상이 왜 이토록 두려울까? '불확실함'은 삶의 디폴트 상태다. 그 바다에 떠가는 '나'를 놓쳤다고 느끼니 무섭다. 자존감이 만병통치약처럼 통하기에 관련 책을 몇 권 봤는데, 그때뿐이었다. 책을 보고 근육을 키우는 꼴이다. 마돈나 팔을 갖고 싶다면 아령을 들어야 한다. 자존감을 30년간 연구한 너새니얼 브랜든은 《자존감의 여섯 기둥》에서 이렇게 썼다. "우리는 어린 시절부터 시작해 평생 동안 자신이 어떤 사람이 될지, 그리고 어느 수준의 자존감을 성취할지 스스로 선택한다."[12] '신은 모든 곳에 있을 수 없기에 어머니를 만든' 게 아니고 완벽한 부모는 애초에 있을 수 없기에 신이 있는 것인지 모른다. 마음속에 '우는 아이'가 없는 사람은 없다. 그 아이를 보듬어 안을 구원자는 자신밖에 없다. 두려운 자유이기도 하다. 기다릴 문제가 아니라 행할 문제이니까.

어떻게? 너새니얼 브랜든은 자존감을, 자신이 삶의 역경을 헤쳐나갈 수 있다고 믿는 자기 효능감과 행복하게 살아갈 가치가 있는 존재라고 믿는 자기 존중으로 해석하고, 이를 지탱해 주는 여섯 기둥을 제시한다. 한 개도 어려운데 여섯 개다. 첫 번째 기둥은 의식하며 살기다. 사실과 내 해석 그리고 거기서 이는 감정을 구분한다. 내 가치와 목표를 알고 지금 이 순간의 행동이 거기 부합하는지 의식한다. 내 욕구와 열망, 몸의 감각, 머릿속에서 울리는 목소리의 주인, 깊숙한 상처의 휘둘림을 알아차린다. 첫 단계부터 난관이다. 나를 보면, 타인의 외면을 나를 향한 무시로 해석하고 머리끄덩이를 잡겠다고 덤비는 데 1초도 걸리지 않는다. "티끌 하나 없이 완벽한 성공이 아니라 의식적이고자 하는 진실한 의도"[13]가 관건이란다.

하여간 두 번째 기둥, 자기 받아들이기. "자신을 소중히 여기고 내 존재 권리를 옹호하기로 선택한다."[14] 그러기 위해 부정적이든 긍정적이든 내 감정을 수용하고 행동의 내적 동기를 이해한다. 우리가 부모에게 바라는 바로 그것을 자신에게 해준다. 침대 커버가 되어가고 있는 나를 어떻게 미워하지 않고 받아들인단 말인가? "받아들임이 반드시 좋아함을 의미하는 것은 아니다. 받아들임은 거부하거나 회피하지 않고 사실을 사실로서 경험하는 것을 의미한다."[15] 회피하면 아무것도 바꿀 수 없다.

세 번째 기둥, 자기 책임지기다. 내 욕구, 행동, 관계, 태도, 행복, 삶의 가치에 대한 책임을 오롯이 내가 진다. 네 번째 기둥은 자기 주장하기다. "혼자 서겠다는 의지, 솔직한 사람이 되려는 의지, 모든 인간관계에서 자신을 존중하겠다는 의지, 자신이 추구하는 가치를 표현하려는 의지"[16]다. 다섯 번째 기둥은 목적에 집중하기. 스스로 선택한 목표를 성취하는 과정 자체가 중요하다. 여섯 번째 기둥은 자아통합하기, 이상과 실천, 말과 행동을 일치시키는 것이다. "위선과 부정직을 택할 때 거기에 따르는 결과와 자존감이 치르는 대가를 지나치게 과소평가하는 데서 수많은 삶의 비극이 벌어진다."[17]

결국 자기한테 거짓말하지 말고 자기 인생을 살기로 결심하고 행동하라는 이야기다. 가능할까? 내가 누군가를 욕하는 까닭은 내 안에 숨기고 싶은 바로 그 욕망을 상대에게 투사하기 때문이라고, 내가 갈망하는 것은 불안에서 나를 구해줄 구원자라는 내가 만들어낸 허상이라고, 내 행복을 책임지기 두려워 당신을 비난했다고. 그 수많은 거짓말을 걷어내고 나를 마주 보고도 안아줄 수 있을까?

대기업에 다니며 딸을 키우는 친구는 매일 '쫓기는 기분'이라고 한다. 쉴 시간이 없는 대신 월급이 들어오니 쉬는 시간만 있고 통장은 비어가는 나랑은 반대 상황인데, 그도 또한 '불안하다'고 했다. "죽는 날, 이 모든 발버둥이 결국 아무 의미 없었다고 한탄하게 될까 두려워." 자기라는 조정키를 잡고 자기가 정한 의미를 향해 가는 것 말고, 불안과 공포에서 탈출할 방법은 없나 보다.

그래, 따뜻한 사람이 되자. 두 달 전에 가입한 동네 불우이웃돕기 모임은 만날 때마다 부대찌개만 먹는다. 라면사리를 많이 넣는다. 불우이웃은 아직 한 번도 만나지 못했다. 그래, 상처에 휘둘리지 말자. 명상하려고 가부좌를 틀고 있으면 자꾸 화장실에 가고 싶다. 그래, 타인에게 화풀이하지 말자. 어느 참엔가 이 새끼 저 새끼 하고 있다. 그래도 여기 있지 않나. 손톱을 물어뜯으며 어디론가 향하려는 내가 있지 않나. 그렇다고 쓰려고 페이스북에 로그인하고 있다. 오늘만 백 번째 로그인.

12, 13, 14, 15, 16, 17

너새니얼 브랜든 지음, 김세진 옮김,
《자존감의 여섯 기둥-어떻게 나를 사랑할 것인가》,
교양인, 2105.

죽고 싶은 날엔
참치 캔을
까 먹는다

그 남자는 무속인이다. 청바지를 입고 귀를 다 덮는 헤드폰을 썼다. 머리는 짧게 쳐올렸다. 제2차 세계대전 때 숨진 공군 조종사를 모신다고 했다. 40대 초반인 그가 무속인이 되기까지 죽을 고비를 몇 번 넘겼다. 사업에 손만 대면 쪽박을 찼다. 주머니에 달랑 만 원이 남은 날, 그는 한적한 바닷가로 갔다. 죽자고 결심했다. 탈탈 털어 소주 세 병과 참치 캔 하나를 샀다. 그 와중에 '참이슬'과 '처음처럼'을 놓고 고민했다. 노을을 보며 소주를 병째 마셨다. 바다로 뛰어들려고 주섬주섬 일어서는데 낚시꾼 행색의 중년 남자가 다가왔다. "불 있어요?" 손으로 바닷바람을 막고 라이터를 켜주네 어쩌네 하다 죽기로 한 걸 잠시 잊었다. 낚시꾼이 가고 정신을 차려보니 싹싹 비운 참치 캔이 눈에 들어왔다. "죽겠다면서 안주는 왜 사고, 또 그걸 싹싹 비워 먹을 건 뭐야. 게다가 왜 그렇게 맛있어." 입맛을 다시며 터덜터덜 왔던 길을 되돌아갔다.

그는 나한테 5월에 좋은 일이 생길 거라고 했다. 4년 전이다. 이번 5월도 다 가는데 좋은 일은 코빼기도 안 보인다. 별로 영험하진 않은 거 같다. 5월에 대한 기대는 사그라졌지만 가끔 그 참치 캔 맛을 상상한다. 아침에 눈을 뜨기 괴로운 날 특히 그렇다. 사표를 내고 1년이 넘어가자 불안이 덮쳤다. 흰머리는 쑥대밭이다. 이제까지 싼 똥만 해도 트럭 한 대분은 될 텐데 나는 대체 뭘 했을까? 뭔 놈의 방황을 40년 동안 하나. 천직이 방황인가? 일어나기 싫어서 이런 생각까지 내달리는지, 이런 생각 때문에 일어나기 싫은 건지 헷갈린다. 이불이 모루처럼 느껴질 때면 그 바닷가 참치 캔을 떠올린다. 배가 고프다.

잭 런던의 단편집 《불을 지피다》에서 그 남자는 불을 못 피워 죽었다. 이름도 없다. 알래스카 근처 클론다이크강 주변이다. 해가 뜨지 않는 낮이 이어졌다. 침을 뱉으면 공중에서 얼어붙었다. 영하 50도에 그는 동료들이 있는 채굴지까지 걷고 있다. 개 한 마리가 따라온다. 온통 눈밭이다. 발을 헛디뎠다간 깊이 10센티미터 물웅덩이 때문에 죽는다. 언 강과 눈 사이로 보이지 않는 샘물이 흘렀다. 그는 발을 헛디뎠다. 젖은 신발을 말려야 한다. 불을 피우려 장갑을 벗자 손이 얼어붙었다. 성냥을 쥘 수가 없다. 두 손목을 맞대 성냥을 붙든 다음 무릎에 대고 그었다. 불이 붙었다. 그런데 장소를 잘못 잡았다. 가문비나무 아래다. 나뭇가지에 쌓였던 눈이 떨어져 불씨를 덮었다. 다시 시도한다. 잔가지를 쥘 수가 없다. 손을 허벅지에 쳐봐도 감각이 돌아오지 않았다. 마구 달렸다. 넘어졌다. 일어나 또 달렸다. 넘어졌다. 흰 눈밭에 점처럼 죽어버렸다. 그때까지 그가 생각한 건 한 가지다. '정말 춥다.' 개는 살아 계속 걸었다. 그 남자는 개보다 터무니없이 약하다.

이 단편집엔 징글징글한 생존 투쟁들이 이어진다. 손가락을 잘라버리는 추위, 무릎을 꺾어버리는 가난이다. 주인공들이 죽건 말건 눈밭은 이어지고 경기는 계속된다. 소설 속 또 다른 인물인 40대 퇴물 복서 톰은 빵 한 조각으로 저녁을 때우고 링 위에 올랐다. 권투로 청춘을 보냈다. 손가락이 망가져 이제 공사판에서도 일할 수 없다. 스테이크 한 장만 먹으면 힘이 날 것 같은데 살 돈이 없다. 상대는 팔팔 나는 20대다. 톰은 최대한 힘을 아껴가며 경기를 이어가지만 애초에 이길 수 없는 싸움이다. 맞고 고꾸라졌다. 휴게실에서 울다 집으로 돌아가는 길, 차비가 없어 3킬로미터를 걸어야 한다. 왜 그는 질 싸움을 계속하나? 이 고통에 의미가 있나? 그런 질문이 비집고 들어올 새가 없다. 톰은 지금 더럽게 배가 고프다.

영화 〈그래비티〉 속 주인공의 이름은 라이언 스톤이다. 아버지가 아들을 원해서 여자애인데 남자 이름을 지었다. 라이언은 삶이 시작되는 순간부터 결핍을 경험했는지 모르겠다. 여기서 끝나지 않았다. 네 살배기 딸은 술래잡기를 하다 머리를 다쳐 죽었다. 그렇게 어이없게 사라졌다. 그 후 라이언의 삶은 궤도를 이유 없이 도는 돌덩이다. 퇴근한 뒤엔 아무 라디오나 들으며 계속 운전했다. 아이가 숨질 때도 그는 운전하고 있었다.

라이언은 지금 지구로부터 600킬로미터 상공, 기온이 125도에서 영하 100도를 오르락내리락하는 곳, 소리도 산소도 중력도 없는 우주에서 일주일째 통신 설비를 수리하고 있다. 동료 맷이 우주에서 좋은 게 뭐냐고 물으니 그녀는 "고요함"이라고 답한다. 라이언은 이곳에 오기 전에 이미 그런 우주에 살았다. 그녀를 삶에 묶어둘 끈은 없었다.

우주의 적막 속에서 사람들은 목숨을 잃었다. 미사일에 맞아 위성이 파괴되고 잔해 폭풍이 휘몰아쳐온다. 무엇이든 부여잡아야 한다. 손을 놓치면 끝이다. 맷은 "갠지스강에서 태양을 봐, 환상적이야"라는 말만 남기고 우주 멀리 밀려가버렸다. 라이언만 남았다. 산소는 떨어지고 있다. 마지막 희망을 걸고 죽을 둥 살 둥 도착한 소유주호에 연료가 없다는 걸 알게 된 라이언은 눈을 감았다. "시스템을 끄면 상처도 없잖아." 우주는 잔인하게 무덤덤하고 환장하게 아름답다.

그때 라이언을 다시 지구로 끌어당긴 건 자신의 목소리였다. 라이언에겐 여전히 죽고 난 뒤에 울어줄 한 사람이 없다. 그녀는 기도하는 방법조차 배우지 못했다. 그래도 자기 안에서 목소리가 들린다. "중요한 건 지금 무엇을 선택하느냐야. 두 발로 딱 버티고 제대로 살아. 집에 갈 시간이야."

이 이야기는 상처로 조각난 한 여자가 자신을 재조립하는 과정을 보여준다. 목숨을 앗아갈 지경의 고통을 뚫고 라이언은 다시 태어난다. 첫 탄생이 수동태였다면 이번 탄생은 능동태다. 우주선 안에서 둥둥 떠 웅크린 자세를 펼치는 라이언의 모습은 그대로 태아다. 지구로 돌아갈 아무런 이유가 없더라도 라이언은 돌아가기로 결심한다. 자기 목소리가 그렇게 명령한다. "죽을지 살지 알 수 없지만, 어쨌든 엄청난 여행일 거야." 아기처럼 다시 땅 위에 선 라이언을 거인처럼 찍으며 알폰소 쿠아론 감독은 그 첫걸음에 상찬을 바친다.

라이언 안의 그 목소리가 어디서부터 오는 건지 알 수 없다. 성냥불을 못 켜서 죽어버릴 수도 있는 한 사람이 고통을 견디며 자신을 다시 태어나게 하는 힘은 우주만큼 불가사의하다. "뭘 했는지 모르겠다고? 왜 사는지 모르겠다고?" 하루 종일 민원 업무에 시달리다 집에 돌아오면 아픈 아버지를 돌보는 친구가 내게 되물었다. "야! 하루를 살아내는 게 얼마나 힘든데. 나는 매일 오늘 하루도 살았다, 장하다, 그러고 그냥 잔다." 왜 사냐고? 오만한 질문일지도 모르겠다. 이불을 걷어차고 참치 캔을 까먹어야지. 오늘은.

내 나이 마흔, ———

제 2 부

나는 나로 살아본 적이 있던가

가끔
혼자인 게
창피하다

혼자인 게 창피할 때가 있다. 동시에 창피해하는 게 창피하다. '정상 가족'을 이룬 사람들은 나를 뭔가 모자란 사람으로, 홀로 당당한 사람들은 나를 의존적인 인간으로 볼 것만 같다. 내가 나를 그렇게 보고 있는지도 모르겠다.

엄마의 고희 기념으로 패키지여행을 갔을 때다. 같이 관광

버스에 실려 다니던 모녀와 점심 때 합석하게 됐다. 서로 어색한 미소를 날리며 밥이 나오기만 기다렸다. 상냥한 중년 여자가 집에 두고 온 개 이야기를 꺼냈다. 고마워서 덥석 물었다. "저도 개를 키워보고 싶어요." 아주머니는 친절했다. "어머, 키우세요. 아이들은 다 컸을 거 아니에요." 난자가 수정된 적도 없다고 하니 아주머니는 당황해 물을 들이켰다. 밥이 왜 이렇게 늦게 나오는지, 개가 어떤 재롱을 부리는지 의식의 흐름에 따라 이야기를 이어가느라 안간힘을 썼다. 분위기가 더 꼬였다. 나는 묘한 적의와 죄책감을 느꼈다.

독신에 직장도 안 나가니 강제 묵언수행 중일 때가 많다. 동네 친구를 사귀려고 성당 봉사 모임에 들었다. 새로 왔다고 부대찌개를 얻어먹었다. 라면 사리까지 추가했다. 그다음 주에는 양념 통닭을 먹었다. 그러곤 불우이웃을 만나기도 전에 입을 싹 닦았다. 결혼은 했는지, 아이는 있는지 물어볼 때마다 코너에 몰리는 기분이 들었다. 낙오자로 찍히지 않으려면 그럴듯한 해명을 해야 할 것 같았다. 이제 '먹튀'한 게 미안해 성당에도 못 간다.

기자이자 에세이스트 모나 숄레가 쓴 《지금 살고 싶은 집에서 살고 있나요?》를 읽다 미미 토리송이란 '사기 캐릭터'를 알게 됐다. 프랑스 인기 블로거다. 한번 클릭하니 헤어 나올 수 가 없다. 글은 영어라 사진만 하염없이 봤다. 일상이 명화다. 프랑스 시골에 3층짜리 저택을 사서 사진가 남편, 아이 넷과 산다. 그 집의 전면 창문 수를 세어봤더니 15개다. 막내는 장미꽃에 둘러싸여 집에서 낳았단다. 첫 페이지엔 긴 드레스에 흰 앞치마를 두른 미미가 양파, 아스파라거스, 그리고 내가 구별할 수 없는 채소들을 담은 바구니를 들고 서 있다. 그 아래에는 미미가 만든 하이난식 치킨라이스가 소개되어 있다. 내가 구별할 수 없는 꽃들이 커다란 나무 식탁 위에 한가득이다. 아이들은 마당에서 장미꽃잎을 날린다. 중국인 아버지와 프랑스인 어머니 사이에서 태어난 미미는 5개 국어를 한단다. CNN 방송사 프로듀서 등으로 일하다 시골에 정착하기로 '선택하고' 살림의 여왕이 됐다. 블로그 인기가 치솟아 책도 내고 한 방송국에서 요리 프로그램도 맡았다.

미미의 블로그를 보다 보면 동화 속 문장이 들린다. "오래오래 행복했습니다." 그게 부러워서 계속 본다. 마당에서 장미꽃은 못 날려도 고추라도 말리고 싶다. 결혼도 육아도 할 생각이 없는 모나 숄레도 이렇게 고백했다.

"세상이 정해놓은 표준에 자신을 맞추는 것, 자신의 존재와 자신이 하는 행위가 수세기 동안 전해져 내려온 문화에 의해 인정받음을 느끼는 것. 이 모든 것들은 따뜻한 목욕물 속에 몸을 담그는 것처럼 기분 좋은 편안함을 느끼게 한다. (…) 대부분의 사람들이 잊고 있는 것은 이런 '선택들'이 각자의 조건에 좌지우지되며, 어떤 선택들은 또 다른 것들보다 받아들이기가 훨씬 쉽다는 사실이다."[18]

그 큰 집은 누가 청소할까? 빨래는 누가 할까? 미미의 블로그에는 노동이 없다. 애가 넷인데 얼굴에 땟국이 안 흐른다. 미미의 갈색머리는 항상 찰랑거린다. 애 하나 키우는 내 친구는 드레스를 차려입기는커녕 똥도 화장실 문을 열고 눴다. 25년 된 아파트로 처음 이사 온 날, 나도 살림을 제대로 해보겠다고 다짐했다. 이케아에서 산 물건을 수시로 바꾸는 바람에 직원이 얼굴을 알아볼 정도였다. 전구들이 줄줄이 연결된 조명도 사서 창가에 걸었다. 1년이 지난 지금 그 조명 때문에 집이 성황당 같다. 인테리어의 핵심은 청소고 청소는 고된 노동이다. 내 입 하나 먹이면 되는데도 삼시 세끼 챙기기가 고역이다. 내 양말 두 짝도 맞추기 어렵다.

미미의 진짜 삶에 대해 내가 뭘 알겠나. 그런데도 오래 들어온 정답 같아 맞다, 맞다 한다. 미래가 불안할수록 남들이 좋다는 길로 가고 싶어진다. 일단 안전하고 볼 일이다. 이게 내 욕망인지도 헷갈린다. "늙어서 어떻게 할래." "애를 낳아보지 않으면 어른이 안 된다." 이런 말을 듣다 보니 이게 내 목소리인지 남의 목소리인지도 모르겠다.

10여 년을 함께 살아온 남편이 돌아서자 올가는 무너졌다. 엘레나 페란테가 쓴 《홀로서기》는 그 내면 보고서다. 올가가 맞서야 하는 대상은 다른 여자와 사랑에 빠져 양육비도 내놓지 않는 남편만이 아니다. 올가의 머릿속에 똬리를 틀고 있는 '버림받은 여자'의 비극적 이미지다. 어린 시절 옆집에 살던 여자에 대한 기억이다. 팔뚝이 실하고 호탕하게 웃던 그 이웃 여자는 남편이 떠난 뒤 하루하루 말라가다 자살했다. 올가는 자기 머릿속에 맴도는 불행의 주문을 몰아내야 한다. "내 앞을 내가 가로막고 있다면 나 자신과도 싸울 것이다."[19] 서양화가이자 페미니스트로 서른다섯 살에 이혼하고 홀로 숨진 나혜석 앞에는 '비운'이라는 낱말이 얼마나 자주 붙나. 그런데 정희진은 "나는 나혜석의 삶이 행복했다고 본다"며 "그녀 자신도 그렇게 평가할 것이라고 생각한다"[20]고 썼다.

통제할 수 없는 걸 통제할 수 있다고 믿어 불안하다. 확실한 건 자신에게 불행을 암시하면 더 불행해질 거란 점이다. 행복 인증 마크를 따야 할 것 같은 압박 때문에 더 불행하다. 나는 어떻게 살아야 행복한가? 내 삶에 의미는 있나? 이런 질문에는 어차피 홀로 답해야 한다. "고독, 회한, 실패에 대한 두려움, 불안, 미래에 대한 불확실성 등은 싱글들의 삶에 고유한 것들인가? 아니면 삶 자체에 고유한 정서인가?"[21]

18, 21

모나 숄레 지음, 박명숙 옮김,
《지금 살고 싶은 집에서 살고 있나요?》,
부키, 2019.

19

엘레나 페란테 지음, 김희정 옮김,
《홀로서기》,
지혜정원, 2011.

20

정희진 지음,
《페미니즘의 도전》,
교양인, 2013.

'무시'는 누가 하고 있나

"아버님 어쩌죠?" 시트콤 〈지붕 뚫고 하이킥〉에서 이순재의 사위 정보석은 이 말을 입에 달고 산다. 장인 회사에서 겨우 한자리 차지하고 눈칫밥으로 사는 이 사람이 가족 엠티라도 준비하면 대형 참사가 벌어진다. 경기도 광주로 가야 하는데 전라도 광주로 가고, 그가 예약한 펜션에는 부엌이 없고, 불을 피우려니 라이터가 없고, 서울로 돌아가려니 기름이 없고, 주유소까지 걸어가 휘발유를 사오니 경유차고, 너무 추워 신문지에 불을 붙이니 산불이 난다. 그러니 온 식구의 찬밥 신세다. 장인의 인정을 받아보려 발버둥치지만 돌아오는 건 "이 자식이"뿐이다.

그런 정보석이 딱 하나 못 참는 것이 있다. 신세경의 눈빛이다. 신세경은 아버지가 빚더미에 올라 동생과 순재네에 얹혀사는 가정부다. 세경이 별말도 안 했다. 정보석이 잘못 계산한 걸 순재 앞에서 바로잡았을 뿐이다. "아닌데요." 그 한마디에 정보석은 모멸감을 느낀다. "소파 아래는 왜 안 닦냐"며 치졸한 꼬투리를 잡아댄다. 부인, 처남, 딸까지 '나'를 함부로 대해도 이 집안 위계에서 가장 아래층에 놓인 '가정부 너마저' 그럴 수는 없는 거다. '무시'는 누가 하고 있는 걸까? 순재의 질서가 지배하는 이 집에서 정보석을 놀려대는 건 순재지만, 정보석은 거기에 소심한 '이불킥'조차 하지 않는다.

10년 전 시트콤인데 아직도 정보석의 표정을 잊을 수가 없다. "저 지질한 인간" 하며 킥킥거리고 보다가, 뒷골이 서늘했다. 어디서 많이 본 인간이다. 바로 나 말이다. '무시병' 중증이다. 혹시라도 남들이 무시할까 안테나를 곧추 세우고 있다. 눈빛 한 번, 낱말 하나만으로도 경보가 울린다. 오작동 따위 생각할 시간이 없다. 1초 만에 공격 또는 방어 태세에 돌입했다. 가령 회사 후배와 같은 엘리베이터에 탔는데 이 친구가 딴청이다. '어 인사를 안 해?' 엘리베이터가 5층까지 올라가는 사이 분노 게이지가 급상승했다. 결국 마음속 '데스노트'에 꾹꾹 눌러 쓴다. '잊지 않겠다'. 회사에서 뒷방 차지가 될 것 같은 불안이 커질수록 분노는 광속으로 솟구쳤다. '후배 너마저' 그럴 수는 없는 거다. '무시'는 누가 했던가? 줄 세우기는 누가 하고 있나? 내가 후배에게서 본 건 그의 무시인가 나를 향한 내 시선인가?

《감옥의 몽상》은 병역 거부로 1년 6개월형을 선고받은 현민의 수형 생활 기록이다. 자신과 감옥 안 사람들에 대한 날카로운 관찰기다. 현민과 같은 방을 쓰는 광천은 감옥 안의 권력자 '빵잽이'다. '빵잽이 형님'들은 '동생'들을 거느린다. 광천은 20대 초반에 수감돼 10년 넘게 징역을 살고 있는데, 자기 관리에 철저하다. 근육을 꾸준히 키우고 밤에는 책을 읽는다. 사업계획도 세운다. 감옥에서 나가면 비범한 능력을 발휘할 거라 믿는다. 그런데 광천은 사실 알고 있다. 자기는 아무것도 모른다는 걸, 10년 넘게 마트에 가본 적도 없다는 걸 말이다. 그 환상과 실제 사이에 놓인 간극의 심연은 때로 그의 멍한 눈빛으로 드러난다. 멍한 눈빛은 '동생'들에게는 경고 사인이다. 폭력의 전조다.

자본도 경험도 없는 광천이 현민에게 사업계획서를 봐달라고 내밀었다. 현민은 우물쭈물했다. 말을 골랐다. 시장 개척은 어떻게 할 건지 물었다. 그때 광천의 눈이 또 멍해졌다. 증오와 복수로 돌진하는 터널이 됐다. "나도 배울 만큼 배웠어!" 광천은 현민의 머뭇거림을 무시로 읽었다. "자기 안의 분열을 외부 환경 때문에 발생하는 갈등으로 바꿔놓는다. (…) 그는 끊임없이 자신의 가치를 확인해야만 살아 있다고 느끼는 인간"[22]이었다. 그리고 그 가치를 확인시켜줘야 하는 건 동생들의 의무다. 충성을 바치는 노예이자 사랑을 주는 애인의 모순된 역할을 부여받는다.

광천은 때리며 사랑해달라고 말한다. 지배하며 의존한다. 현민이 같은 방에 배정받자 '밤에 부스럭거리지 말라'는 둥 통제한다. 그런 통제로 권력을 확인하고 반바지를 줬다 뺐거나 이불을 마음대로 꿰매거나 하며 현민이 바라지도 않는 친절을 베풀고 거기에 따른 감정적 보상을 강요한다. 광천에게는 현민이 보이지 않는다. 자기 존재를 확인하기 위해 현민이 필요할 뿐이다.

현민에 의존하기에 더 힘으로 통제하려고 한다. "광천이 악하다면 그에겐 타인이 절실하기 때문이다. 자신을 전적으로 사랑해주는 타인이라는, 불가능한 과제를 감옥에서 추구하기 때문에 동생이 희생양이 된다. 이것이 정녕 악이라면 '악'을 쓰다, '악'에 받치다 정도가 적확한 용법이겠다. 이 악에 비극이 내포되어 있다면 나약한 인간이 발'악'하면서 변모하는 과정이 담겨 있기 때문이다."[23]

이 사람은 나를 무시하고 있나, 아닌가? 나는 사람을 만나면 그것부터 따지고 들었다. 분류는 초 단위로 계속된다. 이 칸에 넣었다 저 칸에 넣었다 혼자 머릿속이 바쁘다. 그러느라 정작 그 사람을 보지 못한다. 장인 회사 부사장인 정보석이 낮에 일하고 밤에 검정고시를 준비하며 창고방에서 더부살이하는 신세경의 신산한 삶을 보지 못하는 것처럼. 항상 타인에게 촉수가 서 있지만 정작 궁금한 건 그 사람이 아니다. 그 사람에게 비친 나다. 그 사람에게 비친 내가 생각하는 나라는 게 맞을지도 모르겠다. 타인은 그저 거울이자 내 존재를 확인시켜주는 도구로 전락한다.

텅 빈 마음을 채우는 건 타인의 질서다. 저 사람이 날 무시하나라고 의심할 때 그 기준은 무엇인가? 직급, 상사의 인정, 집의 평수, 학교 성적, '정상' 가족? 정보석이 이순재의 질서에 맞춰 살며 이를 기준으로 신세경을, 또 자신을 보듯 나도 그렇다. 내가 원했던 기준인가? 그런 거 따질 국면이 아니다. 두려움이 버티고 있기 때문이다. 정보석이 이 집 밖으로 쫓겨나는 것이 두렵듯 모멸의 눈빛만으로도 내 존재가 사라질 것처럼 두려웠다.

"낮은 자존감의 기반과 동력은 자신감이 아니라 두려움이다. 자존감이 낮은 사람들은 살아가는 것이 아니라 삶의 공포에서 탈출하는 것이 기본 목표다. 그들이 타인에게서 찾은 것은 진정한 소통을 경험할 기회가 아니라 도덕적 가치로부터 달아날 수 있다는 기대와 자신을 용서하고 받아들이고 보살펴주겠다는 약속이다."[24]

40년 넘게 내가 본 것은 나를 무시하는 사람과 그렇지 않은 사람이라는 앙상한 허상이었다. 나는 이제까지 아무도 만나지 않았는지 모른다. 이제라도 물어야 한다. "어쩌죠? 어떻게 할 거죠?" '아버님'이 아니라 나에게.

22, 23

현민 지음,
《감옥의 몽상》,
돌베개, 2018.

24

너새니얼 브랜든 지음, 김세진 옮김,
《자존감의 여섯 기둥-나를 어떻게 사랑할까》,
교양인, 2015.

자기 이야기를 다시 쓴다는 것

에어컨이 없다. 낡은 선풍기는 틀면 비행기 소리를 내는데 바람은 더운 휘파람이다. '여기는 비행기 1등석이다.' 최면을 걸어 자보려 버둥거렸다. 등에 땀이 배 새벽 다섯 시면 깼다. 누가 기내식은 안 줄까. 가스레인지 트는 게 두려워 식빵으로 때웠다. 배가 고프니 바닥에서 등을 떼기 더 힘들었다. 에어컨을 지를까 하다 월급도 안 들어오는데 한두 달 더 버티자 싶었다.

폭염 디아스포라였다. 집으로 돌아가기가 두려웠다. 도서관에 이렇게 오래 있어본 것도 오랜만이다. 책이 아니라 에어컨이 목적이다. 옆 사람은 뜨개질 하고, 그 옆 사람은 핸드폰으로 동영상을 보고 있다. 어느 안방에 둘러앉은 가족 같았다. TV만 들여놓으면 진짜 가족이 될 텐데. 부모님은 흩어져 하루 종일 지하철을 타고 서울을 떠돈다고 했다.

시원할 수 있는 온갖 방법을 궁리했다. 정수리에 아이스팩 하나 이고, 엉덩이에 하나 깔고 앉았다. 찬물을 뒤집어쓰고 그대로 옷을 입었다. 마르는 사이 바람이라도 스치면 목캔디를 문 것 같다. 아이스팩 국물을 뚝뚝 맞으며 수면 부족으로 멍하니 혼자 앉아 있다 보면, 에어컨 빵빵하게 나왔던 회사마저 그리웠다. 내 인생은 대체 어디로 가고 있나.

"어느 이야기가 더 마음에 드나요?"

얀 마텔의 소설 《파이 이야기》에서 파이가 묻는다. 인도에서 캐나다로 이민을 가던 중 배가 침몰해 227일 동안 벵골 호랑이 리차드 파커와 태평양을 표류했다고 하자 사고조사관들은 못 믿겠단다. 오랑우탄, 하이에나, 얼룩말이 함께 구명보트에 탔다 차례로 숨지고 호랑이와 소년이 비처럼 내리는 날치 떼한테 따귀를 갈겨 맞았다고 하니 그럴 만하다. 소년과 벵골 호랑이는 밤이면 바다 속에서 형형색색 빛을 뿜는 물고기들의 도시를 봤고, 무지개 빛깔을 띠는 만새기 살을 나눠먹었다고 했다. 조사관들은 "그런 동물 나오는 이야기 말고" 진짜, 믿을 만한 사실을 알려달라고 한다. 그래서 현실과 더 닮은 이야기를 들려준다. 두 번째 이야기는 구명보트 안에서 벌어진 살육전이다. 파이, 파이 어머니, 요리사, 선원이 탈출에 성공했지만 먹거리가 떨어져가며 선혈이 낭자한 지옥도가 펼쳐진다. 파이는 이렇게 말한다. "세상은 있는 모습 그대로가 아니에요. 우리가 이해하는 대로죠."[25]

히말라야, 세상에서 가장 높은 봉우리 럼두들을 오합지졸 등반대가 오른다. 럼두들을 지도에서 찾지 마시라. 《럼두들 등반기》를 쓴 작가 윌리엄 어니스트 보우먼이 지어낸 이름이다. 어찌됐건 이 봉우리를 최초로 오른 등반대의 면면을 보자. 언어학자인 통역자는 수많은 결정적 오역으로 불신과 불만이 팽배한 등반대를 갈등의 최고봉으로 인도한다. 의사이자 산소 전문가는, 만날 아프다. 가지고 온 온갖 의약품은 자기가 다 쓴다. 길잡이, 길을 잃어 첫 미팅부터 참석하지 못한다. 납치도 잘 당한다. 이 길잡이를 찾는 팀을 따로 꾸려야 할 정도다. 보급 담당은 오르는 것에만 집중하다 내려올 때 필요한 식량 따위를 챙기지 않는다. 과학자, 대체 이 사람은 왜 필요한지 알 수가 없다. 촬영팀, 장비가 항상 고장 나 있다. 요리사, 어떤 재료를 넣건 구역질나는 갈색 액체로 만들어 낸다. 안 먹으려고 하면 칼부림을 한다.

무엇보다 눈치 빠르다고 자부하는 대장, 이 등반대를 보고 만날 "최고의 팀워크를 자랑한다"고 감탄한다. 주구장창 싸우는 팀원들을 보고 "이런 힘든 등반 와중에도 저렇게 치열한 논쟁을 하다니 서로 잘 맞는 짝이라는 내 판단은 틀리지 않았다"고 감동하는 사람이다. 자기랑 아무도 한 텐트를 쓰기 싫어하는 걸 팀원들의 "겸양"이라 해석하는, 인간을 향한 신뢰와 긍정의 화신, 또는 천진난만한 맹추다.

그렇게 엉망진창으로 등반에 성공했다는 이야기다. 가장 큰 공은 아마 요리사에게 돌아갈 듯하다. 모두 그 갈색 죽으로부터 도망치려고 최선을 다해 산을 탔으니까.

현실의 잔인함에는 맥락이 없고, 고통에는 아무런 의미가 없는지 모른다. 노크도 없이 들이닥치는 불운들 앞에 무기력해져 버리기도 한다. 세상은커녕 내 머릿속마저도 통제할 수 없는 바다가 출렁인다. 그 속에서 우리는 누구나 자신의 이야기를 쓴다. 삶의 사건 대부분 내가 선택할 수 없지만 그 이야기는 내가 쓸 수 있다. 콧물과 눈물을 빼면서, 쓰고 지웠다 쓰고 지우면서, 이별을 독립의 이야기로, 상실의 고통을 한때 가졌던 행운의 증거로, 결핍을 공감의 끈으로, 그리움을 사랑할 수 있는 능력으로, 쓸 수 있다. 쓸 수 있다고, 쓰겠다고 다짐한다. 내가 내 인생에 "네"라고 말할 수 있을 때까지. 나와 타인을 믿을 수 있을 때까지 다시 쓰다보면, 핏빛 태평양을 표류하면서도 아름답게 빛나는 생명체 호랑이 리차드 파커와 함께 "감각이 마비될 정도로 밝고 시끄럽고, 묘하고 섬세한 생명의 표정"을 볼 수 있을지 모른다.

땀에 전 팔에 혀를 대보니 바다 맛이 났다. 폭염에도 장점이 있다. 시원한 찰나, 의심할 수 없는 행복을 느꼈다. 에어컨 있는 곳에만 가면 기뻤다. 이렇게 쉽게 기쁠 수 있다. 밤에 못자다 보니 멍해 슬픈 일도 자꾸 까먹었다. 정수리에 얹은 아이스팩 때문에 머리가 띵해 무념무상이 되는 순간들이 있다. 더위와 싸우느라 사람하고 싸울 기운이 없었다. 동네사람들하고 친해졌다. 대화 소재를 찾아 헤맬 필요가 없다. 더위 타령만 하면 공감 100%라는 진귀한 경험을 했다. "아, 시원해. 부러워요." "집보다 나아요." 편의점 직원과 이야기하다 1000원짜리 생수 한

병을 사려고 하니 직원이 여섯 개들이 사면 반값이라고 알려 줘 3000원을 아꼈다. 거미줄을 떼던 아파트 청소 아주머니하고 '에어컨 없는 고통'을 놓고 이야기하다보니 내 마음이 당신의 마음이다.

그리고 '젠장' 폭염의 가장 큰 장점은 모든 자질구레한 꿈이 단 하나의 소망으로 수렴하는 데 있다. 가을이 왔으면. 그리고 이 꿈은 반드시 이루어진다. 아무 노력하지 않아도 100% 이뤄지는 꿈을 꾸다니, 럼두들 등반대 대장이라면 "최고의 계절"이라고 감탄했을 것이고, 파이라면 그 안에서 신의 섭리를 보겠지.

25

얀 마텔 지음, 공경희 옮김,
《파이 이야기》,
작가정신, 2004..

종교 쇼핑

머리는 장식이다. 없으면 그 자리가 휑하니까 있는 거 같다. 오랫동안 내가 이성적인 인간이라는 황당한 착각을 하고 살았다. 감정 앞에서 이성은 한탄강 물살에 떠내려가는 '쓰레빠' 한 짝 같은 것이었다. 문제는 내 감정의 정체를 나도 모를 때가 많다는 점이고, 그 감정이 내 의지를 배신한다는 것이다. 어쩌면 내가 오랫동안 내 감정을 배신해

온 건지도 모르겠다. 내 감정도 모르는데 남의 감정을 배려했을 턱이 없다.

"내가 저 먼지나 티끌 같은 존재구나 싶어지면서 어느 순간 신 앞에 납작 엎드리는 맘이 되더라. 내가 정말 아무것도 아니라는 것을 알았어."[26] 김형경은 책 《사람풍경》에서 이 말을 인용하며 "나르시시즘의 극복과 관련된 일"이라고 말했다. 세상은커녕, 다른 사람은커녕, 내 똥 누는 일도 내 맘대로 안 된다는 걸 알게 될 즈음에 마흔이 됐다. 자기를 놔서 자기를 껴안고, 자기를 버려 자기의 주인이 되고, 현재를 살기에 영원과 맞닿는 경지가 대체 뭔지는 궁금해봤자 내가 깨달을 턱이 없다. 다만 이제라도 나랑 그만 싸우고, 주변 사람들에게 그만 상처 주고 싶었다. '종교 쇼핑'이 시작된 까닭이다.

차라리 졸음이 왔으면 좋겠다. 잡생각도 동이 났는데 명상의 끝을 알리는 종은 울릴 기미도 안 보인다. 코에 숨이 들어가고 나가는 데만 집중하라는데 그것만 빼고 다 하는 것 같다. 처음엔 오만 걱정이 고개를 들었다. 음식물 쓰레기를 버리지 않고 왔으니 집에 돌아가면 악취가 진동하겠다는 생각이 뒤따랐다. 걱정거리도 동이 나면 과거에 '그럴걸'이 올라온다. '그때 그렇게 말해서 코를 납작하게 해줄걸. 지가 나한테 함부로 해' 따위 분노가 솟구쳐 올랐다. 당장 고속버스 표 끊고 올라가 그 놈에게 삿대질을 해대고 싶다. 마음의 평화를 찾자고 왔는데, 다리 꼬고 앉아 세계 55차 대전을 치른다.

가부좌 튼 지 30분쯤 지나면 이제 통증이 생각을 잡아먹는다. 척추 뼈 하나하나가 "그만해, 당장, 당장 누워"를 외치며 꼬챙이를 내장 쪽으로 찔러댄다. 엉치뼈부터 발끝까지 피가 안 돌다 보니 내 다리가 유럽처럼 멀게 느껴진다. 대체 돈 내고 이게 뭐하는 건지 싶은데 4박 5일 중 첫 40분을 마쳤을 뿐이다. 시계고 핸드폰이고 다 뺏겨서 도망도 못 간다. 묵언수행이라 다른 수행자들하고 뒷담화도 못 깐다. 마크 엡스타인은 《트라우마 사용설명서》에서 명상 중에 어른이 된 자신이 부모가 돼 자기 안에 우는 아이를 안아주는 느낌을 받는다고 했는데 이런 상태로 내 안에 우는 아이를 만나면 패대기를 칠 것 같았다.

40분 명상, 10분 걷기로 하루 종일이 간다. 보리밥 두 숟가락 정도에 강된장만 먹었다. 움직이지 않으니 배도 안 고팠다. 다만 이튿날부터는 온통 먹을 거 생각뿐이다. 내가 진짜 사랑한 것은, 냉면뿐이었나 보다. 가부좌를 틀고 30분이 지나자 어깨와 엉덩이가 또 협공을 한다. 스님도 싫다. 절도 싫다. 몸의 고통이 왔다 지나가고, 잡념이 왔다 지나가고, 출렁이는 표면이 잔잔해지면 그 안에 사물이 또렷이 보인다는데 왜 나한테는 안 보이는 걸까? 이렇게 하면 진짜 나를 만날 수 있는 건가? 나를 뭐하려고 이렇게까지 만나야 하나? 가부좌를 튼 나는 격랑에 출렁이다 뱃멀미 직전이었다.

4박 5일이 끝날 때까지 몸의 고통에서도 놓여나지 못했다. 가부좌는 인체 구조에 맞지 않는 자세라는 걸 깨달았다. 마지막 법문에서 스님이 집착에서 놓여나는 법 등에 대해 설법했는데 기억나는 말은 명상수련 끝나자마자 짜장면을 먹는 사람들이 있다는 것이었다. 짜장면에 꽂혔다. 같이 수행했던 사람들 몇 명과 눈빛을 나눴다. 꽁지머리를 한 중년 남자는 4박 5일 동안 척추가 녹아나는 고통을 겪다 보니 감정에 따라 호흡이 달라지는 걸 느꼈다고 했다. 20대 여자는 마음이 고요해져 명상수행을 매년 한다고 했다. 50대 여자는 버르장머리 없는 회사 직원한테 따끔한 말을 할까 말까를 고민하는 데 4박 5일도 모자랐다고 했다. 수련이 파하자마자 넷이 짜장면을 먹었다. 짜장 중에 짜장, 초월적 짜장, 나를 잊게 만드는 짜장이었다. 짜장은 얼마나 위대한 음식인가, 우리는 동지애를 느꼈다.

다음 차례는 성당이었다. 예비 신자로 교리를 매주 들었다. 나는 자세부터 삐딱했다. 당최 이해가 안 됐지만 수녀님에게 연민을 느꼈다. "그렇지 않아요? 뭘까요?" 수녀님은 끊임없이 질문했지만 돌아오는 답이 없었다. 열댓 명 예비 신자들 가운데 반은 눈 뜬 채 졸고 있는 거 같았다. 70대 할머니만 예외였다. 다만 답이 질문과 상관없는 내용이고 또 길었다. "내가 수녀가 됐어야 했는데, 부모님이 억지로 시집보내서, 영감을 만나 평생 이 고생을 해가지고." 그래도 수녀님이 외롭지 않아 다행이라고 생각했다. 매주 멍 때리다 보면 어떤 말은 마음에 남기도 했다. "성령을 배반한다는 의미는 뭘까? '저 사람이 싫다'라는 내 생각 때문에 그 사람 마음에 있는 성령을 보지 못하는 것입니다."

종교를 갖고 싶었던 까닭은 두렵지 않고 싶어서였다. 공포는 사람을 악하게 만든다. 어떤 악은 과도한 자기 방어에서 비롯된다고 생각한다. 두려워 공격하고 두려워 매달린다. 어떤 '거대한 정신'에 연결된 느낌이라면, 내 안에서 또 타인 안에서, 자연의 모든 것에서 그 정신을 느낄 수 있다면 더 이상 방어하느라 나를 가둘 필요가 없을 거 같았다.

이제 '도는 아십니까'를 따라가는 일만 남은 걸까? 가부좌를 틀다 다리가 괄호 모양(〈 〉)이 돼야 느낄 수 있을까? '살아있음'

의 경이를 말이다. 신화학자 조지프 캠벨은 책《신화와 인생》에 이렇게 썼다. "인생은 아무런 의미가 없다. 우리가 거기에 의미를 부여했을 뿐이다. 인생의 의미란 무엇이든 갖다 붙이면 그만이다. 진정한 의미란 살아 있음 바로 그것이다."[27]

조지프 캠벨의 선집《신화와 인생》을 낸 제자 다이앤 K. 오스본은 "바로 여기 있다. 바로 여기 있다. 바로 여기 있다"고 무려 세 번이나 서문에 썼다. 바로 여기를 보니, 음식물이 퇴비가 되고 있는 쓰레기통과 고지서가 있다.

26

김형경 지음,
《사람풍경》,
사람풍경, 2012.

27

조지프 캠벨 지음,
다이앤 K 오스본 엮음, 박중서 옮김,
《신화와 인생》,
갈라파고스, 2009.

허망해서
욕망을
붙드는 걸까

이번 생엔 21세기에 지은 집에 살 수 없을 것 같다. 지금 통장 잔고를 그대로 두고 다음 생에서 이어 저축한다면 가능할지도 모르겠다. 25년 된 아파트에 큰 불만은 없었다. 20평이지만 내가 청소하기엔 너무 크다. 똥도 잘 내려가고 뜨거운 물도 잘 나온다. 초고층은 정이 안 붙었다. 물론 정이 붙어도 별수는 없다. 1층이라 땅에 가깝고 편의점 가기도 좋다. 요가학원에서 그 이야기를 듣기 전까지는 '이 정도면 고맙다' 그랬다.

요가학원은 길 건너 주상복합아파트 2층에 있다. 경기도 우리 동네에서 제일 비싼 곳이다. '베란다도 없는 집에서 답답해 어떻게 사나.' 그 육중한 고층 건물을 보고 시큰둥했더랬다. 매트에 앉아 발가락을 꼼지락거리고 있는데 옆에 있는 여자가 말을 걸었다. 아이가 올해 초등학교에 입학하는데 이 주상복합아파트 아이들이 많이 다니는 학교에 보내기 싫단다. "여기 부모들 등쌀 때문에 그래요. 주변 유치원들도 난리예요. 부모들이 여기 애들만 따로 반을 만들어달라고 하니까요. 다른 단지 애들이 끼는 거 싫다고. 저도 여기 살지만 여기 사람들하고 어울리기 싫어요." 성질이 나서 같이 신나게 욕했다. "그래서 다른 학교를 알아봤는데, 아는 사람이 거기로 보내지 말라더라고요. 빌라 애들이 온다는 거예요. 하는 수 없죠. 여기 학교 보내야죠." 이유는 '(가난한) 부모가 관심을 가지지 않아 애들이 거칠다'는 것이었다. '부모가 관심을 가져 애들이 또라이가 되는 건 괜찮고?' 주상복합아파트에 사는 부모들을 욕한 사람은 어디로 갔을까? 길 하나를 사이에 두고도 계급이 갈렸다.

더 웃긴 건 내 마음이다. 그 이야기를 들은 뒤 '주상복합아파트 사람들이 이 동네 제일 싼 아파트에 사는 나를 어떻게 볼까' 하는 의혹이 용솟음쳤다. 분노가 따라붙었다. 경멸 어린 저주를 퍼부으며 내가 한 짓은 집값 검색이었다. '2억은 더 있어야 저 주상복합아파트로 이사 갈 수 있겠구나.' 내 안에 외계생명체 같은 욕망과 결핍이 자라났다.

친구는 비둘기를 싫어한다. 똥을 많이 싸기 때문이다. 친구가 집을 알아보는데 길 하나를 두고 브랜드 아파트가 3~4억이 더 비쌌다. 거긴 비둘기가 모이는데도 그랬다. 왜 비싸냐고 물으니 중계업자가 말했다. "사는 사람들이 달라요." 친구는 그 부동산엔 다시 가지 않겠다고 다짐하며 비둘기가 모이지 않고 더 싼 아파트를 택했다. 그런데 애가 초등학교에 들어갈 무렵, 타인 같은 자신을 발견했다. 초등학교가 둘 있는데 브랜드 아파트 아이들이 주로 다니는 데가 '좋은 초등'으로 이름이 났다. 왜 좋은지는 모를 일이다. 친구 딸이 이 학교에 배정받았다. "정말 이상해. 그 '좋은 초등' 다닌다고 할 때마다 뭔가 우쭐한 기분이 들어."

내가 낯선 욕망의 숙주가 된 기분이 들 때가 있다. 관리라면 내 관리도 안 되기 때문에 부장 따위는 공짜로 줘도 싫다고 믿었는데 막상 다른 사람이 부장이 되면 조직에서 인정받지 못한 것 같아 성질을 부린다. 이 분노와 결핍은 누구 것일까?

"윌리엄 스토너는 1910년, 열아홉의 나이로 미주리 대학에 입학했다. 8년 뒤, 제1차 세계대전이 한창일 때 그는 박사학위를 받고 같은 대학의 강사가 되어 1956년 세상을 떠날 때까지 강단에 섰다. 그는 조교수 이상 올라가지 못했으며, 그의 강의를 들은 학생들 중에도 그를 조금이라도 선명하게 기억하는 사람은 거의 없었다."[28]

존 윌리엄스의 소설 《스토너》는 포털 사이트 인물 검색에 나올 것 같은 설명으로 시작한다. 윌리엄 스토너는 가난한 농부의 아들로 태어나 노동으로 손마디가 굵었다. 가업을 이으려 농과대에 입학했다 영문학 강의를 듣고 진로를 바꿨다. 그 강의에서 셰익스피어 소네트를 만났다.

그대 내게서 계절을 보리
추위에 떠는 나뭇가지에
노란 이파리들이 몇 잎 또는 하나도 없는 계절
얼마 전 예쁜 새들이 노래했으나
살풍경한 폐허가 된 성가대석을.
내게서 그대 그날의 황혼을 보리

석양이 서쪽에서 희미해졌을 때처럼
머지않은 암흑의 밤이 가져갈 황혼
모든 것을 안식에 봉인하는 죽음의 두 번째 자아
그 암흑의 밤이 닥쳐올 황혼을.
내게서 그대 그렇게 타는 불꽃의 빛을 보리
양분이 되었던 것과 함께 소진되어
반드시 목숨을 다해야 할 죽음의 침상처럼
젊음이 타고 남은 재 위에 놓인 불꽃.
그대 이것을 알아차리면 그대의 사랑이 더욱 강해져
머지않아 떠나야 하는 것을 잘 사랑하리.[29]

윌리엄 스토너는 지독히 평범해서 특별하다. 세계대전이 두 번이나 거쳐 가는데도 이 삶엔 충격적 사건이 일어나지 않는다. 사랑하지 않는 아내와 사소한 오해로 등진 동료의 악의를 그만의 '고구마' 방식, 관조로 견딘다. 그의 목숨을 앗아간 병명은 사망 원인 1~2위를 다투는 암이다. 66년 인생을 따라가는 이 소설을 읽다 가장 많이 맞닥뜨린 낱말은 슬픔과 상실감, 연민이다. 그는 묵묵히 자기 방식으로 시를 사랑했고 삶을 살았다.

"너는 무엇을 기대했나." 그는 죽어가며 자기에게 세 번 묻는다. 첫 번째 물었을 때, 남들 눈엔 실패작으로 보일지 모를 자기 삶을 관조한다. "지혜를 생각했지만, 오랜 세월의 끝에서 발견한 것은 무지였다." 두 번째 물었을 때, 그는 빛을 느낀다. 오후의 밝은 햇빛. "그리고 그것들이 진짜라는 결론을 내렸다." 마지막으로 물었을 때, "기쁨 같은 것이 몰려왔다. (…) 그는 자신이 실패에 대해 생각했던 것을 어렴풋이 떠올렸다. 그런 것이 무슨 문제가 된다고. 이제는 그런 생각이 하잘것없어 보였다. 그의 인생과 비교하면 가치 없는 생각이었다. (…) 그는 그 자신이었다. 그리고 과거의 자신을 알고 있었다."[30]

진짜 나는 30대 어딘가에 있고 가죽만 10여 년을 건너 어리둥절하게 여기 서 있는 기분이 들 때가 있다. 이렇게 살다 죽는 건가 생각하면 허망하다. 그 허망함에서 고개를 돌리고 싶어 확실한 욕망을 붙드는 건지도 모른다. 그게 남의 것일지라도. '중요한 건 어떤 인생이냐가 아니라 자기 인생이냐인데…'라고 쓰면서도 나는 '외풍 탓에 손가락이 시렵네. 저 주상복합아파트는 안 그렇겠지'라고 생각한다.

28, 29, 30

존 윌리엄스 지음, 김승욱 옮김,
《스토너》,
알에이치코리아, 2015.

40년 넘게 전속력으로 불안으로부터 도망쳤다

"존버는 승리한다." 림킴이란 이름으로 4년 만에 돌아온 가수 김예림의 인터뷰를 유튜브에서 보다 들은 말이다. 존버? 외국 사람이야? 찾아보니 '존나 버티다'를 줄인 말이다.

이게 누구야? 텔레비전에서 보던 김예림은 싹 다 폐기처분한 모습이었다. 그녀는 자기 자신으로 버티고 있다. 몽환적인 목소리는 칼날로 변했다. 랩퍼로서 부른 〈SAL-KI〉는 갖가지 억압에 대항한 살기이자 살아내기다. 앨범 커버 속의 그녀는 머리를 전사처럼 땋아 내리고 똑바로 앞을 응시한다.

2011년 〈슈퍼스타K〉에 나왔던 94년생 김예림은 그만의 스타일이 있었다. 인터넷이 안 터지는 곳에서 온 듯한 차림에 힘을 뺀 목소리까지 매력적이었다. 그러다 기획사와 계약하고 데뷔했다. 〈올라이트All Right〉 뮤직비디오에서 그녀는 핫팬츠를 입고 하이힐을 신었다. 벽에 뚫린 구멍으로 양복 입은 남자들이 그녀를 훔쳐봤다. 김예림은 또 한 명의 예쁜 롤리타가 돼 있었다. 그녀는 소속사와 계약을 끝내고 사라졌다.

"제 스스로 인생을 살기가 어렵다고 느꼈던 거 같아요. 음악을 하고자 했던 건 제 목표였는데…. 어느 순간 보니 제가 세울 수 있는 목표가 별로 없었어요. 다른 사람이 정해주는 나라는 사람이 어디까지일 수 있을까? 주체를 나로 한번 바꿔보고 싶다는 생각이 들었어요. 무한한 가능성과 잠재력을 사용하는 주체가 자신이 될 때 좀 더 무궁무진해지지 않을까."[31] 그녀는 〈SAL-KI〉에 자신 안의 공격성을 토해냈다고 말했다. 대개는 하지 말라고 했다. 상업성을 보장하기 어렵다는 우려도 많았다. "개성과 비전을 사람들에게 각인시키려면 한 번의 성공을 꿈꾸기보다는 버티면서 최대한 사람들에게 보여줘야 하지 않을까요? 그러다 보면 이런 것들이 점점 받아들여질 수 있는 시대가 오지 않을까요?"[32]

뇌생물학자 게랄트 휘터가 쓴 《불안의 심리학》을 보면, 성장은 불안을 통과해야만 이룰 수 있다. 자궁 밖으로 추방된 뒤 우리는 불안을 통제하는 방식을 배우려고 발버둥치며 우리가 된다. 안전한 느낌으로 되돌아가려 뇌 속에 길을 뚫는다. 신경조직 접속을 재조직하며 평생 길을 넓혀간다. 자주 쓰는 방식은 고속도로로 다져진다. 어린 시절 놓인 고속도로는 더 단단하다. 스트레스 상태에 놓이면 거의 자동적으로 그 길을 달린다. 고속도로만 놓인 뇌는 위험하다. 그 길이 막혔을 때 주저앉게 된다.

통제 가능하다고 느끼는 스트레스는 뇌를 흔들어 깨운다. 노르아드레날린의 펌프질 속에서 우리는 새로운 접속을 찾아내고 궤도를 뚫는다. 빨리 기억하고 저장하고 배우는 과정은 이 퍼뜩 정신 차린 뇌에서 일어난다. 새로운 불안을 조정할 수 있는 이면도로를 찾았을 때, 뇌는 자신을 신뢰할 수 있다는 느낌으로 보상한다. 스트레스 없이는 새 길을 뚫을 수 없다.

문제는 통제 불가능하다고 느끼는 스트레스다. 아는 방식을 총동원해도 문제가 해결되지 않는 상태가 이어진다. 스트레스 반응이 길어지면 무기력 상태에 빠진다. 이런 상태가 지속되면 죽어간다. 면역력과 생식능력이 억제된다. 그 절망 속에서 뇌는 이제까지 써왔던 접속을 해체해나간다. 그리고 근본적인 변화를 준비한다. 새로운 접속을 부르는 파괴다. 재구성하기 위한 해체다. 황무지에서 비틀비틀 어떻게든 다시 길을 내다 보면 그전과 다른 방식으로 반응하는 사람이 된다. 그 길을 따라가다 스트레스가 통제 가능하다고 느끼게 되면 불안은 용기로, 무력감은 의지로 변한다.

"살다 보면 이렇게 언젠가 한 번은 꼭 불현듯 그 자리에 멈춰 서게 되는 행운을 경험한다. 그 길이 아무리 성공적인 길이었어도, 아무리 빈번히 이용했던 길이었어도 말이다. 고통스럽기 짝이 없는 체험이다. 하지만 그렇게 하지 않고서는 지금껏 오랫동안 가지 않은 잡풀이 우거져버린 길을 다시 찾기란 거의 불가능하다. 스트레스는 자신을 바꿀 수 있는 기회를 제공한다."[33]

윌리엄 트레버의 소설 《비 온 뒤》에 등장하는 30대 여자 해리엇은 이탈리아를 홀로 여행 중이다. 원래는 애인과 그리스에 갈 계획이었다. 연애가 깨져버리고 텅 빈 휴가만 남았다. 체사리나는 그녀가 열 살 때 부모님과 함께 왔던 곳이다. 그때 아버지는 목마를 태워줬다. 이후 부모님은 이혼했다. 각자 애인이 있었다. 해리엇이 어린 시절 와봤던 광장을 거닐 때 비가 쏟아진다. 비를 피하러 들어간 교회에서 이름 모를 화가가 그린 〈수태고지〉를 본다. 교회를 나설 때 비는 그쳤다. 그녀는 느닷없이 이제까지 자신을 속여왔다는 걸 깨닫는다. "사랑에 대한 믿음을 회복하려고 연애를 이용해왔다. (…) 그녀가 사랑에 너무 많은 것을 기대하자, 이미 과거가 되어버린 상황을 바꾸려고 더 밝은 현재 그리고 무엇보다도 미래의 불변성을 강요하자 그는 다른 사람들처럼 물러섰다. 그녀는 그녀 자신의 피해자였다. 해리엇은 이제 그것을 생생할 정도로 분명하게 알고 있으며 어떻게 알게 되었는지, 전에는 왜 몰랐는지 의문이 생긴다."[34] 해리엇은 성당에서 본 〈수태고지〉가 비 온 뒤 풍경이란 걸 발견했다. 새로운 탄생을 알리는 천사의 날개는 비에 젖은 푸른빛이다. 다시 이곳을 찾지 않을 거란 것도 알게 됐다. 과거의 불안에서 도망치기 위해 이제까지 써왔던 방식을 포기해버린 그 순간, 해리엇은 비 온 뒤 말간 풍경 속에 서 있다.

되돌아보면 나는 40년 넘게 전속력으로 불안으로부터 도망쳤다. 다들 안전을 약속하는 길에 들어서고

싶었다. 많이 속였다. 관계에서 불안이 엄습해오면 가장 눈에 익은 방공호로 숨었다. 자기를 해치는 방식인 줄 알면서도 잠깐은 숨을 돌렸다. 종속변수의 삶은 불안하다. 멈춰 서 보니 보이는 곳마다 폐허 같다. 황무지에서도 자기 손을 놓지 않을 수는 있다. 휘터는 스트레스를 통제 가능한 것으로 느끼는 데 가장 중요한 변수로 함께하는 느낌을 꼽았다. 타인이 없다면 적어도 자신과 동맹을 맺을 수 있지 않을까. 황무지를 토대 삼아 지금까지와 다른 나를 내가 만들 수 있지 않을까? '존버'는 결국 승리한다고 하지 않나.

31, 32

'김예림-4년의 공백 새로운 목표 그리고 SAL-KI', [LOGMENTARY], GENIE MUSIC 유튜브 채널 인터뷰.

33

게랄트 휘터 지음, 장현숙 옮김, 《불안의 심리학》, 궁리, 2007.

34

윌리엄 트레버 지음, 정영목 옮김, 《비 온 뒤》, 한겨레출판, 2016.

닥치세요,
저 상처받았어요

여드름. 이 세 글자를 쓰는 게 괴로워 냉동실을 다 뒤집어 청소하고 다이소에서 붙일 데도 없는 스티커 따위를 12개나 사고 말았다. 이 세 글자를 쓸 때마다 수치심이 올라온다. 수치스럽다고 느낀다는 사실이 또 수치스럽다.

대학교 3학년 때부터 무단 침입한 여드름은 첫 직장에 다닐 때 창궐했다. 여드름은 일종의 초대장이었다. '어서옵쇼. 모욕과 무례를 환영합니다.' 모욕은 항상 우스개로 위장했다. 그러니 정색하고 항의도 못 한다. 그랬다간 분위기를 깨거나, 농담 '따위'에 분기탱천하는 속 좁은 여자가 된다. '그깟 걸로' 상처 안 받은 척했다. 나는 지적인 여자여야 하니까 되레 내가 먼저 자폭하는 경우도 많았다. 10년이 지난 지금도 나는 그때 내 피부에 꽂혔던 낱말들을 기억하고 그때마다 수치스럽다. 몸에 대한 모욕은 내 안에 깊은 상처를 남겼는데 나는 상처를 상처라고 인정할 자유마저 잃어버렸다.

2002년 월드컵 때는 최악이었다. 나는 아마 박지성 선수가 골을 넣지 않기를 바라는 유일한 한국인이었을 테다. 박지성 선수도 당시 여드름이 있었는데 다들 날 닮았다고 했다. 박 선수가 골을 넣거나 좋은 도움을 한 다음 날이면 출근길 엘리베이터에서부터 고난이 시작됐다. "어제 좋았어!" 그럼 또 내가 막 웃는다. "잘했으니 밥 사주세요." 혹시 그럴 리는 없겠지만 박지성 선수가 기분 상할까 덧붙이자면, 나는 여자다. 게다가 축구도 못한다. 그리고 한국에서 여자인 내가 박 선수만큼 축구를 잘했다고 한들 여드름이라는 외모의 '흉'을 덮지는 못했을 거라는 점에 전 재산의 절반을 건다. 그래봤자 얼마 안 되지만.

"왜 뾰로지가 났어?" 사람들은 자꾸 물었다. 그걸 내가 어떻게 아냐. 내가 피부과 전문의인가. 그런데 또 설명을 하고 있다. "스트레스를 받았나 봐." 내 잘못이라는 듯이 자꾸 해명을 해야만 할 것 같았다. 대체 왜 나는 내가 잘못하지도 않은 일에 수치스러워하나?

남성은 정신, 여성은 육체라는 이분법의 역사는 유구하다. 클로딘느 사게르가 쓴 《못생긴 여자의 역사》를 보면 17세기까지 질료이자 '몸'인 여성은 존재 자체로 추했다. "근대에 들어서면서 '미래의 어머니가 될' 여성은 추함의 굴레를 벗었다."[35] 그리고 21세기, 여성도 한 인간으로 투표할 권리를 갖게 됐지만 여전히 "남성에게 욕망의 대상이 되지 못하는 여성은 정상적이지 않은 존재로 취급당한다."[36] 달라진 점이라면 외모에 대한 전적인 책임을 개인이 져야 한다는 것이다. 이젠 게으르고 무례하고 자기 관리를 하지 않기 때문에 추하다고 한다. 그런데 수술대에 올라 철저한 '자기 관리'를 해 보이면 '성(형)괴(물)'라고 놀린다. 활어냐 양식어냐 횟감을 고르는 시선으로 본다.

'추함'은 폭력을 동반한 강력한 통제 수단이다. 《못생긴 여자의 역사》를 보면, 남성 기득권을 위협하는 모든 여자는 '추했다.' 아이와 남편 없이 독립적으로 살며, 식물과 몸에 대한 지식을 가진 여자인 마녀들은 실제 외양이 어떠했건 추한 여자로 그려졌다. 근대에 들어 학구열을 가진 여자들은 프랑스에서 '파란 스타킹'으로 불렸는데 이들에 대한 묘사는 하나같이 추하다. 그리고 '추함'이란 딱지가 붙는 순간 그들은 타 죽고, 격리되고, 모욕당하고, 사랑받지 못하는 존재가 됐다.

"하나같이 추한 이목구비에, 목소리가 걸걸하거나 미친 사람 같다." 19세기 작가 피에르 프랑수아 티소가 프랑스대혁명에 참가한 여성을 묘사한 문장이란다. 많이 듣던 소리다. 요즘 페미니스트 관련 기사에 달린 댓글을 보면 된다. 200년이 지나도 '추함'의 작동 원리는 변하지 않았다.

'추함'은 잔인하다. 가해자는 아무런 증명을 할 필요가 없다. 책임은 '추한 자'로 지목된 피해자가 진다. 더 끔찍한 것은 타인의 시선이 자신의 시선이 돼버린다는 점이다. 자신의 시선이니 도망갈 곳 없는 24시간 CCTV인 셈이다.

이 CCTV 감시에 갇혀 내 몸인데 내 몸처럼 움직이지도 못했다. 몇 달 전 춤 워크숍에 참여했을 때 내 몸이 내 감옥이 돼버렸다는 걸 알았다. 첫 시간, 60대부터 10대까지 10여 명이 둥그렇게 둘러섰다. 선생님이 발로 자기소개를 해보자고 했다. 한 20대 여자는 발을 동동 구르더니만 아예 주저앉아 꿈틀거리며 이름을 말했다. 멋있었다. 60대 남자는 펄쩍 뛰며 두 발로 짝

짝이를 쳤다. 멋있었다. 신발을 신고 도망가는 걸로 자기소개를 하고 싶었던 나는 겨우 발을 앞뒤로 한 번씩 내밀고 내 차례가 끝난 것에 안도했다. 발을 2센티미터 내미는데 내 시선은 내 내부가 아니라 나에게 꽂힐지 모를 타인의 시선에 가 있었다. 그 워크숍에는 다시 가지 못했다.

2018년 7월 14일 서울시청 앞 광장, 서울퀴어문화축제에서 〈스타워즈〉 영화 속의 털북숭이 츄이 같은 사람을 봤다. 삼복더위에 온몸에 대걸레 같은 걸 달았다. 공룡 두 마리, 속눈썹을 무지개 색깔로 염색하고 반짝이는 먼지털이로 치마를 만들어 입은 여자, 검은 망사 티셔츠를 입은 남자…. 수많은 몸이 있었다. 폭염과 음악이 쏟아졌다. 집요했던 시선의 빗장도 흐물거렸다. 퍼레이드 차량을 털북숭이 츄이, 먼지털이 치마, 공룡, 전동 휠체어, 여자, 남자, 인간들이 따라갔다. 종로 찻길을 함께 걸었다. 땀이 솟구쳤다. 그 위로 바람이 스쳤다. 눈에 하늘의 파란색이 쏟아졌다. 내 몸에 스미는 세상을 감각할 수 있었다. 같이 춤추고 싶었다. 364일, 거리는 서구형 미인들을 내건 광고판들 차지 아니었나. 내 '원죄'를 들먹이는 '기준'들 말이다. 1년의 하루, 그 다양한 사람들 속에서 시선의 독재를 빗겨가는 해방감을 맛봤다.

친구와 내년에는 옷장에 처박아두고 차마 엄두를 내지 못했던 옷을 입고 오자고 했다. 어깨가 확 드러나는 공주풍의 옷을 입고 땀을 뻘뻘 흘리며 흔들어보자고 다짐했다. 사실 나는 안다. 내년에 그리 하지 못할 거다. 몸은 치열한 전쟁터이고 나는 이미 시선의 포로다. 이걸 뚫고 나가는 게 얼마나 힘겨운 일인지 안다. 그래도 내 인생의 주인까지는 탐내지 못하더라도 적어도 내 몸의 주인으로 살아보고 싶다. '사랑받기 위해 태어난 사람'이 아니라 '사랑하기 위해 태어난 사람'으로 살아보고 싶다. 그 지난한 여정을 여드름에 꽂혔던 시선이 나에게는 상처였다는 걸 자신에게 고백하면서 시작한다.

35, 36

클로딘느 사게르 지음, 김미진 옮김,
《못생긴 여자의 역사》,
호밀밭, 2018.

어차피
주름이 이긴다

30대 초반 친구가 방황하는 날 보다 못해 20대가 주축인 한 모임에 데려간 날이었다. 모두 예의 발랐다. 예의가 '너무' 바른 사람들도 있었다. "어머, ○○ 씨 어머니세요?" 정말 밝은 청년이었다. 첫 번째 충격이 채 가시기도 전에 두 번째 폭격이 떨어졌다. "○○ 씨 어머니시구나." 이번엔 질문형도 아니었다. 어머니에 맞는 인자한 미소를 찾아보려고 노력했는데, 입꼬리가 찌그러졌다. 머리가 띵했다. 30대 친구의 어머니라면 내가 대체 몇 살로 보인 걸까? 집에 돌아와 거울을 한참 봤다. 그날 밤 악몽까지 꿨다.

40대가 되니 낯선 이들은 두 가지 중에 하나로 날 부른다. 아줌마 아니면 어머니다. 꼬집힐래 물릴래 중에 하나를 고르는 것 같지만 그래도 굳이 꼽으라면 아줌마라고 불리고 싶다. 한국에서 아줌마와 어머니는 남성도 여성도 아닌 제3의 생물이다. 아줌마엔 무시와 혐오의 양념을 덤으로 친다. 그럼에도 아줌마를 고른 까닭은 애가 없는 나한텐 폭력적인 '존경'보다는 차라리 무시가 낫기 때문이다. 40대 여자 중에 어머니가 되기 싫은 여자, 또는 될 수 없는 여자도 많다. 다짜고짜 '어머니'라고 부르는 건 다 대학은 나왔을 거란 전제를 깔고 몇 학번이냐 묻는 것과 같다. 40대면 응당 어머니는 된 줄로 아니, 그 말을 들을 때마다 내 인생에 어딘가 붙어 있을 '미완성'의 딱지를 찾게 된다. 아줌마라고 하면 째려볼 수라도 있는데, '존경하는' 어머니로 불리면 기분이 상해도 성질도 못 낸다.

꿈이라곤 돈만큼 없으면서 왜 그날 악몽까지 꿨을까? 늙어 보인다는 게 왜 그토록 끔찍했을까? 정희진은 《페미니즘의 도전》에서 "우리는 모두 똑같이 늙어가지 않는다"고 썼다. "우리는 서민에게만 노인이라는 칭호를 붙이고", 늙은 여자와 늙은 남자가 경험하는 박탈은 다르다. "가부장제 사회에서 몸의 경험을 근거로 형성되는 여성의 정체성은 남성 중심 사회가 '부여'한 것이지만, 남성은 행위하는 주체로 자신의 정체성을 '획득'한다. (…) 남성과 달리 여성은 능력이나 자원보다 나이와 외모가 계급을 결정하는 경우가 많다."[37] 머리로는 '폐경'이 아니라 '완경'이라고 되뇌지만 내 마음은 '폐경'을 두려워한다. '늙은 여자'가 되는 건, 여성으로서, 인간으로서 욕망하는 주체가 될 '자격'을 잃는 것이라고, 한국에서 40년 넘게 산 내 마음은 여전히 그렇게 느끼고 있다. 평균 수명까지 산다고 치면 이제 절반을 온 나는 원하고, 또 원할 텐데, 점점 원할 자격을 박탈당할 것이다. 그게 두려워 늙음의 흔적을 지우는 싸움을 벌일 수도 있지만 필패가 정해진 링에 오르자니 허망하다.

어차피 주름이 이긴다. 의기소침한 날엔 내 세 영웅을 만나면 도움이 된다. 유튜브를 켜면 거기에 '막례쓰', 박막례 씨가 있다. 일흔두 살 막례 씨는 거침없이 내뱉는다. "옘병." "여자는 가르치면 시집가 도망간다"고 믿는 아버지가 취학통지서를 숨기는 바람에 학교를 못 다녔고, "인생을 조사분(가루로 만든)" 남편을 만나 행상, 가사 도우미, 식당 일 등 허락된 모든 노동을 하며 삶을 책임졌다. 막례 씨는 무서운 얘기 하나 해달라는 손녀의 말에 이렇게 답했다. “옘병, 내 인생이 제일 무서워.”

그 ‘무서운’ 삶의 짐을 거뜬히 져왔기에 막례 씨는 무서울 것도 창피할 것도 없다. 유튜브 스타로 구글 본사에 초대받았을 때 영어라고는 ‘헬로, 탱큐, 소리, 퍽큐, 쉿’밖에 몰라도 취직 자리까지 간을 본 마성의 여자다. 그녀는 또 한 번 보면 벗어날 수 없는 사랑스러운 변신의 귀재로, 살구를 겨냥했으나 참외가 돼버린 메이크업, 동창회 갈 때 ‘무조건 많이 바르는’ 메이크업 등을 시현해 보인다.

막례 씨가 스위스에서 패러글라이딩을 하러 간 날이었다. 손등을 긁힌 그녀는 이렇게 말했다. “다친 것도 다 추억이여. 내가 도전하려고 했다 생긴 상처라 괜찮어. 금방 나설 거여.” 패러글라이딩을 ‘패로구리다’로, 골인을 ‘꼬리’로 당당히 부르고, 단감과 화장을 좋아하고, 드라마 〈돌아온 복단지〉의 팬이고, 권상우와 나훈아를 보면 “미칠 것 같은” 이 여자는 “오매, 오매”라며 새로운 세상으로 걸어 들어간다.

두 번째 여자는 아녜스 바르다다. 여든여덟 살 영화감독이었던 그녀는 영화 〈바르다가 사랑한 얼굴들〉에서 서른 세 살 사진작가 JR과 함께 항만 노동자의 아내들, 궁벽진 마을의 집배

원, 화학공장 노동자, 농부 그리고 염소들을 만난다. 그 한 사람, 한 사람의 얼굴을 대형 사진으로 만들어 벽면 전체에 붙인다. 철거 직전 탄광촌의 마지막 주민 '자닌'은 집을 떠나지 못하는데, 이 집에서 노동을 마치고 돌아온 아버지가 건넨 검댕이 묻은 바게트를 먹었기 때문이다. 아녜스와 JR이 자닌의 얼굴 사진을 그 집 외벽 가득 붙이자 자닌은 눈물을 글썽인다. 바르다가 사람들의 얼굴에, 삶에 '경의'를 표하는 방식이다.

아녜스는 이제 사물을 또렷이 볼 수 없다. 흔들리고 흐릿하다. "흔들리게 보여도 괜찮다고?" 선글라스를 절대 벗지 않는 JR의 물음에 아녜스는 이렇게 답했다. "너는 까맣게 보여도 괜찮다며." 그녀가 옛 친구 장 뤽 고다르에게 상처받은 날, 흐느끼는 아녜스를 위로하려고 JR이 선글라스를 벗고 눈을 보여준다. 아녜스는 이렇게 말했다. "네가 잘 안 보이지만, 그래도 네가 보여." '누벨 바그'의 거장으로 불리는 아녜스는 2019년 3월 숨질 때까지 자기 방식으로 세상을 보고, 이해하고, 사랑했다.

세 번째 여자는 작가 클레르 골이다. 아주 부러운 딱 한 문장 때문이다. 그녀는 "일흔여섯 살에 오르가슴을 처음으로 느꼈다"고 썼다. 방점은 '처음으로'가 아니라 '느꼈다'에 있다.

"알고 대화하고 보살피고 싶은 타인이 있다면, 나의 결핍을 메우는 타인에 대한 갈구가 사랑의 시작이라면, 사랑하고 사랑받는 것은 누구에게나 부여된 양도할 수 없는 삶의 조건이어야 한다."[38] 나이가 들수록 그 '누구나'에서 나는 자꾸 빠져야 할 것만 같다.

유튜브를 켜니, 막례 씨가 춤을 춘다. 차를 타고 가다 내려 드레이크의 노래 〈인 마이 필링스In My Feelings〉에 맞춰 춘다. 꽃이 만발한 주황색 원피스를 입고 몸을 흔드는 막례 씨 위로 석양이 쏟아지고, 뒤로 텃밭이 지나가고, 노래는 시간을 넘어 흐르며 묻는다. "두 유 러브 미?"

37, 38

정희진 지음,
《페미니즘의 도전》,
교양인, 2013.

'내 작고 찢어진 눈'이 하는 이야기

취업 면접에서 줄줄이 떨어질 때였다. 멍하게 누워 형광등을 보고 있었다. "엄마, 나 쌍꺼풀 수술할까?" "그럴래?" 이건 뭐지? 왜 이렇게 반색하지? 갑자기 설움이 폭발해 발악했다. "엄마라도 안 해도 된다고 해야지! 지금 그대로 예쁘다고 해야지!" 당황한 엄마가 상황 수습에 나섰다. 내가 좋아하는 배우를 떠올렸나 보다. "우리 딸, 한석규 닮았어." 듣기 좋으라고 한 말인 거 안다.

그로부터 20여 년이 지난 지금도 나는 아무도 안 볼 때, 몰래, 쌍꺼풀 수술 후기 따위를 찾아본다. 과학자를 닮아가는 블로거들은 자신을 관찰 대상으로 삼아 하루 단위로 붓기 상태를 설명하고 증거 사진도 남긴다. 인터넷에서 송혜교, 수지 사진을 넋 놓고 본다. 매력 자본이 빵빵한 이들은 세상을 끌어당긴다. 내가 창자를 꺼내 줄넘기를 하는 퍼포먼스를 선보여도 얻을까 말까 할 관심과 애정을 아름다운 그들은 눈길만으로 얻을 수 있지 않을까. 나도 큰 눈을 깜박이며 사랑과 관심으로 향한 8차선 고속도로를 오픈카 타고 달려보고 싶다. 지금은, 달구지 끌고 바퀴가 푹푹 빠지는 늪지대를 지나는데….

내 작고 찢어진 눈을 오래 미워했다. '너'만 없다면 나는 '단춧구멍' 따위 조롱에 멋쩍게 웃지 않아도 된다. 그렇다고 눈만 고치면 될 문제는 아니다. "가슴이 등인 줄 알았다"는 말도 많이 들었다. 그럴 때 성질부리면 '모양' 빠진다. 내 '사회적 자아'는 아무렇지 않은 듯 답한다. "내 등이 좀 풍만하다." 슬프고 화나는 나는 숨겨둔다. 학창 시절 내내 외모 놀림을 받은 친구는 이런 조언을 듣고 분기탱천했다. "당당하래. 당당하지 않으면 더 추하대. 놀림받는데 슬퍼하지도 못해. 당당하기까지 해야 돼."

내가 독일인과 사귈 때 한 친구가 말했다. "그 남자, 백인이라 좋은 거지?" "너는 네 남자 친구 황인종이라 사귀냐?" 이렇게 대꾸했지만 내 마음 한구석엔 의혹이 남았다. 크고 푸른 눈, 오뚝한 콧날, 갸름한 턱선과 흰 피부를 내가 동경하지 않았다고 장담할 수 있을까? 한국에서 '아름다운 얼굴'이라 불리는 데 필요한 요소들을 그 백인은 수술하지 않고도 다 가지고 있었다.

누구 보기에 좋은 가슴이고 눈인가? 내 몸에 대는 그 줄자는 누구의 것인가? 리베카 솔닛은 책 《멀고도 가까운》에서 백설공주와 왕비의 '가치'를 결정하는 기준을 남성의 관심으로 보았다. 이를 쟁취하려 동화 속 두 여자는 아름다움을 두고 죽고 사는 경쟁을 벌인다. 왜 어떤 얼굴이 '아름다운가?' "프란츠 파농은 서인도 제도 주민들이 무의식적으로 여성의 검은 피부를 보면서 악취와 동물성을 떠올린다고 썼다. (…) 백인은 궁극적인 아름다움인 반면, 흑인은 추함이라고 믿기 때문이다."[39] '주류'의 질서가 '아름다움'과 결합하면 공고한 차별의 벽이 완성된다. 그 '아름다움'의 질서는 타자의 마음에 스며드니까. '아름다움'은 이성으로 깰 수 없는 것이니까. 아름답지 못하다는 건 사랑받지 않을 각오를 해야 한다는 의미이니, 그런 압력은 웬만한 강심장도 견뎌내기 힘들다.

그런데도 내가 성형수술을 할 수 없었던 까닭은 그 작은 눈이 내 몸뿐만 아니라 내 정체성의 일부였기 때문이다. 나 자신으로 사랑받고 싶은, 그대로 받아들여지고 싶은 열망을 포기할 수 없었다. 내가 동의하지 않는 기준에 백기투항하는 건 어쩐지 나를 배신하는 것 같았다. 그렇다고 내 몸을 있는 그대로 사랑할 수도 없다. 대체 어쩌라고?

"나는 오랜 시간 나 스스로의 존엄과 매력을 입증해보고자 투쟁했지만, 지금도 한 손에 커피를 든 채 우아하게 직립보행할 수 없는 내 다리를 쳐다보면 한숨이 나온다."[40] 골형성부전증이 있는 변호사 김원영의 책《실격당한 자들을 위한 변론》에서 이 문장을 보고 나는 공감할 수 있을 것 같았다. 내 몸 때문에 입학 거부당한 적이 없고, 지하철을 타려다 죽지도 않았으며, 계단 몇 개만으로 식당에서 무언의 출입금지를 당하지도 않았지만, 그래서 이렇게 말하는 게 죄책감도 들지만, 그 심정의 한 자락을 알 수 있을 것 같았다. 자기 몸을 가두는 잣대로부터 자유로워지는 법, 제 몸을 사랑하는 법을 배우고 싶었다. 나도 내 몸의 일부가 '실격'당했다고 느끼니까.

이 책에서 배운 자유로울 수 있는 방법은 수용이다. 수용은 삶의 태도에 대한 결단이다. "나에 대한 그런 손가락질의 원인은 세상의 잘못된 평가와 위계적 질서이지만, 그에 맞서 내 존재의 존엄성과 아름다움을 선언할 책임은 우리 자신에게 있다. 이것이 '정체성을 수용한다'라고 말하는 사람들이 취하는 실천적 태도다."[41]

사랑할 수 있는 방법은 오래 바라보기다. 한 사람이 직접 쓴 이야기를, 그 풍부한 결을 오래 듣는 것이다. 미드 〈왕좌의 게임〉에서 연골무형성증을 지닌 '티리온'을 7년간 보다 보면, 캐릭터와 외모의 매력이 섞여버리는 것처럼 "한 사람이 인생에서 써나가는 자기 서사는 우리가 그 사람을 바라보는 '신체'에 통합되고, 농축되고, 종합되어 구현된다."[42]

그래서 나도 나한테 이렇게 말해본다. '내 눈을 바라봐, 내 눈을 바라봐, 이건 그냥 작은 눈이 아니야, 눈이 커야 사랑받을 수 있다는 압력에 대한 내 나름의 도전이야. 이 작고 쪽 찢어진 눈을 지킨 내 삶의 태도야. 사랑스럽지 않아?' 그런데 두렵다. 자신 없다. 여기가 어디냐. 《동아일보》는 북미협상 결렬 소식을 전하며 이목구비 또렷한 자사 기자 사진을 "아이돌급 외모로 인기" 따위의 제목과 함께 내보내고, 앵커 브리핑에서 안경 쓸 자유를 박탈당한 여성들의 꾸밈노동을 씁쓸하게 전한 JTBC 뉴스에도 뚱뚱하거나 늙은 여성 기자나 앵커는 한 명도 나오지 않는다. 누가 내 작은 눈이 하는 긴 이야기를 들어주기나 할까? 아무도 들어주지 않더라도 나는 내 이야기를 좋아할 수 있을까?

39

클로딘느 사게르 지음, 김미진 옮김, 《못생긴 여자의 역사》, 호밀밭, 2018.

40, 41, 42

김원영 지음, 《실격당한 자들을 위한 변론》, 사계절, 2018.

타인의 ———

제 3 부

슬픔을 이해한다고?

엄마가
동그란 덕분에
각진 채 살 수 있었다

'절대 성질부리지 말자.' 엄마가 고희를 맞았다. 부모님은 집을 옮기고 남은 돈으로 가족 크루즈 여행을 가자고 했다. 4박 5일 동안 말레이시아, 싱가포르, 태국을 도는 유격훈련 패키지여행이다. '돈도 못 보태면서 까탈 부리면 사람도 아니다'라고 마음을 굳게 먹었다.

태국 푸켓에서 해변 한 번 못 밟았다. 깃발을 쫓아가니 돌고래쇼장이다. 초등학교 운동장보다 작은 수영장을 돌고래 세 마리가 돌았다. 돌아도 돌아도 제 꽁무니다. 관객 절반은 한국인 패키지여행객이다. "사랑합니다!" 사회자는 한국말로 인사했다. 돌고래가 인간 흉내를 내면 박수가 터졌다. 돌고래가 입에 문 붓으로 종이에 색을 칠했다. 사회자는 돌고래가 전하는 사랑의 메시지라며 경매에 붙였다. 뭐가 재밌나? 호루라기 소리에 맞춰 한 생명이 배를 뒤집는 걸 보면 인간이랍시고 권력을 누리는 쾌감이 드나? 인간도 수시로 그런 꼴을 당하니 돌고래 너도 당해보란 심보인가? 돌고래들은 튀어 올라 공을 코로 차고, 조련사들을 태운 채 헤엄쳤다. 쇼가 끝나고 관객들은 돌고래와 셀카를 찍었다. 엄마는 "재주를 못 부린 한 마리는 생선을 못 얻어먹더라"고 안쓰러워했다.

우리 가족도 드라마에서처럼 즐거워보자고 모였는데 분위기가 침울했다. 열한 살 조카도 심각해 보인다. 거기다 나는 꼭 한 소리 보태고 만다. "지금 돌고래 감금, 학대 현장을 본 거라고. 감옥에 갇힌 돌고래들이라고. 냉동 생선으로 길들인 거야. 죽지 않으려고 받아먹는 거야. 《잘 있어, 생선은 고마웠어》라는 책에 나온다고. 바다에서 50년 넘게 사는 돌고래들이 여기 갇히면 스트레스로 일찍 죽어." 조카를 울릴 것 같다. 아버지는 담배 피울 곳을 찾았다. 우리 집의 평화사절단인 동생이 나섰다. “그래도 오늘 절도 봤고, 망고도 샀고….”

‘엄마 고희에 돌고래 독립운동하냐?’ 항상 이랬다. 나는 ‘따따부따’ 분위기 브레이커다. 엄마가 몇 푼 아껴 보려고 버스에 오르며 내 나이를 속이면 그 자리에서 진실을 폭로해버리는 아이 말이다. 엄마는 버스 기사들 앞에서 민망하게 머리를 긁적여야 했다. 버스 값 50원의 정의를 위해서는 떨쳐 일어나지만, 그 50원을 아껴야 하는 엄마의 마음은 보지 못하는 아이가 나다. 그렇게 엄마가 모멸도 마다않고 아낀 돈을 받아먹고 큰 게 나다. 거기서 내 죄책감과 분노가 자랐다. ‘미안해’와 ‘어쩌라고!’를 오락가락했다. 내가 보기엔 엄마가 너무 동그랗고, 엄마가 보기엔 내가 너무 각지다. 그런데 나는 엄마가 동그란 덕분에 각진 채 살 수 있었다.

왜 부모가 붙여준 이름으로 평생 불려야 하나? 그레타 거윅 감독의 영화 〈레이디 버드〉에서 크리스틴은 스스로 붙인 이름 ‘레이디 버드’로 불러달라고 고집한다. 고향 새크라멘토를 벗어날 궁리뿐이다. 첫 장면부터 엄마랑 기 세게 싸운다. “동부로 가고 싶어.” “넌 너밖에 모르지?” 방금 전까지 소설 《분노의 포도》 한 장면의 낭독을 듣고 둘이 함께 울었더랬다. 딸 옷을 고르다

또 싸운다. "그냥 예쁘다고 해주면 안 돼?" "네가 최고로 보이길 바라서 그래." "이게 내 최고로 멋진 모습이면?" 그러다가도 엄마는 딸의 드레스를 재봉틀로 줄여주고 있다. 아버지는 실직해 우울증을 겪고 어머니는 야근까지 뛰는 와중에 딸은 엄마 몰래 동부 대학에 원서를 넣는다. 서로 상처를 후벼파다가 크리스마스가 오면 없는 살림에 땀 흡수가 잘되는 양말이라도 주고받는다.

드디어 자기가 택한 자기, '레이디 버드'가 될 수 있는 기회의 땅에서 그녀는 자기가 택하지 않은 자기인 '크리스틴'을 껴안는다. 술이 떡이 됐다 마스카라 범벅인 채로 눈뜬 어느 날, 부모님 집 전화에 음성 메시지를 남긴다. '기찻길 옆 구린' 집, 맨날 봐온 그 길과 상점들, 새크라멘토는 관심을 끊으려야 끊을 수 없는 고향이자 그녀의 일부였다. "크리스틴이에요. 두 분이 참 좋은 이름을 지어줬어요. 고마워요. 사랑해요."

왜 부모를, 자녀를 선택할 수 없을까? 왜 내가 선택하지 않았는데 사랑해야 할까? 선택할 수 없기에 축복일까?

앤서니 솔로몬의 책 《부모와 다른 아이들》은 장애아를 키우는 부모들의 이야기다. 그 책에 다운증후군 아들을 둔 에밀리 펄 킹슬리의 〈네덜란드에 오신 것을 환영합니다〉란 글이 실렸다. "장애인 자녀를 키운다는 건 이래요. 출산을 앞두고 있을 때는 이탈리아로 떠나는 굉장히 멋진 여행을 준비하는 과정과 비슷해요. 당신은 여행 안내서를 잔뜩 사 여러 가지 신나는 계획들을 세워요. (…) 마침내 그날이 와요. 출발이에요. 몇 시간 뒤에 비행기가 착륙하죠. '네덜란드에 오신 것을 환영합니다.' (…) 이탈리아에 가지 못한 아픔은 절대로 사라지지 않을 거예요. 그런 꿈을 잃은 상실감이 엄청나거든요. 하지만 만약 이탈리아에 가지 못했다는 사실에 슬퍼하며 여생을 살아간다면 네덜란드를, 지극히 특별하고 무척 사랑스러운 것들을 즐길 마음의 여유를 얻지 못할 거예요."[43] 이해할 수 없지만 사랑할 수밖에 없는 타인, 그래서 죽을 둥 살 둥 그 다름을 그대로 받아들일 수밖에 없는 타인을 삶에 들인 사람들의 이야기로 읽었다. 어쩌면 그런 타인들 덕에 내가 상상할 수도 없는 곳까지 갈 수 있고 내가 상상할 수 없었던 내가 될 수 있는지도 모르겠다.

한국에 도착한 날, 밤이 깊어 모두 부모님 집으로 갔다. 엄마는 나한테 침대를 내주며 자기는 바닥에 자겠단다. 내가 바닥에 자겠다고 고집을 피웠다. 먼저 드러누워 이불을 머리까지 끌어당겼다. "아, 내가 바닥에서 자겠다고! 엄마, 내 입장에서 좀 생각해봐!" 생략된 말은 이렇다. '엄마 기대에 미치지 못해 내가 얼마나 미안한 줄 알아? 왜 자꾸 더 미안하게 해.' "너도 내 입장에서 좀 생각해봐라!" 생략된 말은 이렇다. '너는 왜 내 마음을 그렇게 차갑게 발로 걷어차니.' 목소리엔 점점 짜증이 차올랐다. 멀쩡한 침대를 두고 나는 고집스럽게 소파에서 몸을 웅크렸고 엄마는 거실 바닥에서 잤다.

다음 날, 툴툴거리며 집에 오니 엄마한테 문자가 와 있다. "미세먼지 심한데 마스크 쓰고 다녀!"

43

앤서니 솔로몬 지음, 고기탁 옮김,
《부모와 다른 아이들》,
열린책들, 2015.

더 많이
사랑해
억울하다면

페이스북을 염탐하다 분노와 애걸이 담긴 메시지를 보내고 말았다. 이 손가락은 누구 건가? 탓할 시간 없다. 빨리 지워야 한다. 삭제를 눌렀는데 내 창에서만 사라진 것 같다. 그쪽 창에서도 지워졌는지 확인하려고 실험에 돌입한다. 아무 계정이나 파서 내가 나한테 쪽지를 보냈다 지운다. 사라지나? 그 난리를 치는 동안 답이 오고 만다. 또 망했다. 우아하게 이별하긴 이생에선 글렀다. 눈물, 콧물, 바짓가랑이 '추태 삼박자'를 아낌없이 채우고 말 모양이다.

약자가 되는 건 두려운 일이다. 균형이 깨진 틈에서 상처가 자란다. 연애는 때로 자기 존재를 건 샅바 싸움 같다. 폴 앤더슨 감독의 〈팬텀 스레드〉는 엎치락뒤치락 잔인한 역동을 드러낸다. 1950년대 런던, 레너드는 '천의무봉' 드레스 디자이너다. 이 깐깐한 남자는 숨 쉬는 데도 규칙이 있을 거 같다. 아스파라거스를 기름에만 조려 먹는다. 버터는 '절대로' 안 된다. 아침 식사 자리에서 빵에 버터를 바를 때 '아무도' 소리를 내면 안 된다. 그가 자기를 지키는 방식이다. 레너드의 드레스 제작실은 그의 법이 다스리는 성채, 사랑을 구걸했던 뮤즈들은 드레스 한 벌씩을 얻고 퇴장했다. 이 성에 레스토랑 종업원 알마가 피팅 모델이자 연인으로 입성한다. 연인이라기엔 관계가 수직적이다. 레너드는 드레스를 만들고, 알마는 드레스가 '입혀진다.' 아침 식탁에선 당연히 입 다물어야 한다. 하지만 알마는 알마, 처음부터 알마이고 끝까지 알마다. 알마는 일방적 능동과 수동이 지배하는 관계의 샅바를 틀어쥐고 엎어치기를 시도한다. 상대를 무방비 상태의 아기, 온전히 자신에게 기댈 수밖에 없는 존재로 만드는 위험한 도박을 벌인다. 목숨을 건 균형 찾기다. 이제 레너드만 규칙을 만들지 않는다. 레너드도 그 게임의 룰을 알고 있다. 그는 철저한 '약자'의 순간을 받아들인다. 알마가 준 독버섯을 먹고 앓으며 오로지 알마에게 자기를 맡기는 그는 그 순간 자유로웠는지 모른다. 알마는 그에게 '약자'의 자유를 주었다. 레너드는 '목숨을 걸고' 약함을 받아들여 자기가 지은 성에 갇혀 사는 저주에서 풀려났다.

언제는 라면 먹자고 꾀더니만, 어느 순간부터 불어터진 라면 취급이다. 허진호 감독의 〈봄날은 간다〉에서 멀대 같은 상우는 처량 맞다. 언제 균형에 균열이 생겼는지 알 길이 없다. 느닷없이 여름이 와버렸다. 기다림은 '약자'인 상우의 몫이다. 이불 위에 누워 오지 않는 전화를 붙들고 있는 상우는 무력하다. 폴더폰를 폈다 접었다 폈다 접었다, 고통은 그의 몫이다. 무슨 이런 불공평한 게임이 다 있나.

아슬아슬한 균형은 별별 것으로도 깨지고 일단 기울어지면 가속도가 붙는다. 을은 더 애간장이 타고, 갑은 뜨거워서 뒤로 물러나고, 그러기에 을은 더더욱 애간장이 타고, 이러면 안 된다는 걸 알지만 또 타고…. 열정을 더 투자할수록, 더 약자가 되고, 약자가 될수록 더 투자하게 되는, 무슨 이런 치사한 게임이 다 있나. 델리스 딘이 쓴 《열정의 덫》은 균형이 깨진 관계 개선

용 처방전이다. '밀당'의 기술이 아니다. 밀당한답시고 전화를 부러 늦게 받고, 답장을 부러 안 하고, 관심 없는 '척'하면 할수록, 그 '척'하는 데 에너지가 드니 '약자'의 불안은 더 커진다. 균형을 찾는 방법은 관계의 약자가 상대에게 쏟는 에너지를 자신에게 돌리는 것, 스스로 서는 것밖에 없다. 해봐라, 되나. 그래도 어쩔 수 없다. 방법이 없다. 질문을 바꿔야 한다. '당신에게 나는 무슨 의미야'가 아니라 나는 나에게 무슨 의미인지, 내 가치를 타인이 아니라 내게 묻는 방법 말고는 뾰족한 수가 없다. 버티고 서야 '건강한 거리'가 생긴다고 저자는 말한다. 궁극의 목표는 관계의 유지가 아니다. 그 결과가 무엇이건 '나'로 버텨보아야 하는 까닭은 후회하지 않기 위해서다.

〈봄날은 간다〉의 멀대 같은 상우는 '피해자'일까? 이 영화의 주인공은 상우 한 사람이다. 덧없이 가버리는 순간들을 바라보며 우는 이는 상우이고, 평생 남편을 그리다 숨진 할머니를 이해하게 되는 이도 상우이고, 마지막에 억새밭에서 두 팔을 벌리고 눈을 감은 채 바람을 만끽하는 이도 상우다.

"상대를 이해하려고 애쓰는 쪽은 언제나 '약자'이거나 더 사랑하는 사람이다. (…) 사랑보다 더 진한 배움을 주는 것이 삶에 또 있을까. 사랑받는 사람은 배우지 않기 때문에 수업료를 낼 필요가 없다. (…) 상처받은 마음이 사유의 기본 조건이다. 상처가 클수록 더 넓고 깊은 세상과 만난다."[44]

사실, 이 모든 게 뇌의 장난일지도 모른다. "중독은 모두 도파민 수치의 증가와 관련 있다. 그렇다면 낭만적인 사랑도 중독이란 말인가? 그렇다."[45] 인류학자 헬렌 피셔는 금주와 똑같은 이별 매뉴얼을 들려준다. 단 한 잔도 안 되는 것처럼, 단 한 통화도 안 된다. 뇌가 제정신으로 돌아올 때까지 달리고 명상하고 이야기하라고 한다.

동네 복지관 요가학원에서 다리를 찢으며 구시렁거린다. '중독도 아주 더러운 중독.' 이 중독은 나에게 다가가는 가장 험난하고 가까운 길이다. 그 밟지 않을 수 없는 진흙탕을 건너며, 볼 수 없었던 내 마음을 조금 보았다. 울퉁불퉁, 엉기성기, 뒤죽박죽, 그래도 나인 나, 그런 내 결핍과 소망 말이다. "사랑의 임무는 다른 방식으로는 잡히지 않는 인간 생활의 주파수를 우리에게 일러주는 것입니다. 흥겨운 주파수도 있고 슬프거나 외로운 주파수도 있습니다. 하지만 중요한 것은 이런 주파수와 맞아떨어지면 우리의 정서적 지평이 넓어진다는 사실입니다."[46] 그래서 우리는 기꺼이 약자가 되길 자처하며, 바닥으로 떨어질지라도, 연애의 평균대 위에 오르나 보다. 그 위에 서 있으려면 다리 근육을 키우는 수밖에. 서 있다 보면 억새밭을 스쳐 내 몸을 채우는 바람의 소리를 들을 수 있을지도.

44
정희진 지음,
《페미니즘의 도전》,
교양인, 2013.

45
헬렌 피셔 지음, 정명진 옮김,
《연애본능》,
생각의나무, 2010.

46
마리 루티 지음, 권상미 옮김,
《하버드 사랑학 수업》,
웅진지식하우스, 2012.

스무 살이 된
엄마가
울었다

4월 초인데 진눈깨비가 내렸다. 난데없는 눈발에 벚꽃도 파리했다. 퇴사하고 며칠 뒤 엄마와 간 제주도 여행에서 덜덜 떨었다. 그래도 벚꽃 앞에서 사진은 한 장씩 찍었는데 표정이 노역이라도 끌려온 것 같다. 당시에 엄마는 내가 백수가 된 줄은 몰랐다. 나는 제주도행 비행기표를 끊느라 줄어든 통장 잔고 탓에 더 추웠다.

"여기서 30분만 걸으면 도두봉이 나와요. 일몰이 멋있어요." 게스트하우스 주인아줌마 말만 믿고 해안선을 따라 걸었다. 바람이 심하게 불어 머리 가죽이 벗겨질 것 같았다. 허연 이를 드러낸 바다를 보고 속이 시원하다고 한 5분 정도 감탄했다. 곧 손이 곱아 사진 찍기도 귀찮았다. 도가니가 시큰거리는데 도두봉은 도통 코빼기도 안 보였다. 중년의 딸과 일흔 살 엄마는 서먹해서 그냥 걸었다.

"대체 제주도 해변에 왜 '설악 막국수' 집을 열었을까?" 엄마 말을 듣고 보니 그랬다. "킹콩 부대찌개를 왜 제주도 해변에 차렸을까?" 죽 늘어선 펜션들엔 '산타루치아' 같은 난데없는 유럽 도시 이름을 따온 간판이 걸렸다. 제주도에서도 여기가 아닌 다른 데를 꿈꾸나 보다.

할 말이 달랑달랑하자 엄마는 옛날 얘기를 꺼냈다. 예전에 엄마가 신세타령을 할 때면 마음속 셔터를 반쯤 내렸다. 엄마의 삶을 내가 보상해줘야 할 것만 같은데 감당할 자신이 없었기 때문이다. 엄마의 한탄은 묵직한 죄책감으로 내 마음속에 가라앉아 있다가 이상한 시점에서 분노로 터져 나오곤 했다. 엄마와 내 경계를 없애고 해결사로 나서겠다고 오지랖을 떤 사람은 나라는 건 나중에 알았다.

엄마가 스물일 때도 산타루치아같이 이곳 아닌 데를 애타게 꿈꿨을까? 육 남매 중 큰딸인 엄마의 청춘은 알바 천국이었다. 너무 흔한 가족사라 내 얘긴가 싶으면 네 얘기인 그런 사연이다. 호인인 할아버지가 누구 보증을 섰다가 집안이 망했네, 할머니가 머리에 흰 띠를 두르고 드러누웠네, 하는 그런 이야기 말이다. 할머니의 "아이고" 소리에 맞춰 엄마는 알바의 달인으로 달련돼 갔다.

그런 엄마가 스무 살 어느 여름의 기억 때문에 제주도 해변에서 목이 멨다. 눈물이 맺혔는데 칼바람 때문이라고 둘러댔다. 50년 전 일인데도 그 순간의 고통이 신선도 100퍼센트로 해동돼 흘러넘쳤다.

아주 쉬운 알바 자리라고 옆집 아줌마가 소개했단다. 그냥 가만히 있으면 된다고 했다. 요즘으로 말하자면 인간 플래카드 같은 일이었다. 문제는 엄마가 서 있어야 했던 곳이 또래 아이들이 고데기로 머리를 한껏 부풀리고 전공 도서를 팔에 낀 채 돌아다니는 한 대학이란 점이었다. 엄마는 혹시 고등학교 동창생을 만날까 봐 알바 시간 전에 도착할 때면 그 대학 화장실에 숨어 있곤 했다. 사실 엄마가 했던 여러 알바들에 비해 노동 강도로 보면 별것 아니었다. 그런데도 이 순간들이 진눈깨비 내

리듯 난데없이 쏟아져 현재의 벚꽃마저 얼려버렸다. 그때마다 엄마는 그 시절의 고통을 다시 겪었다. “시선 때문이었던 것 같아. 내 또래 아이들이 나를 쳐다보는 시선. 물건같이 시선을 받고만 있어야 하는 상황…. 모멸감이라고만 말할 수는 없고, 어떤 수치 같기도 했어.” 보는 사람과 보이기만 해야 하는 사람은 같은 사람이 아니었다. “내가 정말… 너무 초라하게….” 파도 소리 때문인지, 마지막 말은 잘 들리지 않았다.

50~60년 전 고통의 기억이 아직도 생방송 중인 건 엄마만이 아니었다. 동창회를 준비하던 엄마는 ‘쇼킹한 이야기’를 들었다. 한 동창이 기부금을 내면서도 죽어도 동창회에는 안 나오겠다고 버티는데 그 이유가 엄마 때문이란다. 엄마는 그 사람이 기억도 잘 나지 않아서 옛 앨범을 꺼내 봤다. 전화를 걸어보니 그 노인이 된 친구는 다짜고짜 울분을 토했다. 고1 때 친한 사이였는데 하루는 그 친구가 결석을 했다. 엄마랑 몇 명이 집에 찾아갔다. 그 친구 말은 이랬다. “우리 집이 가난했잖아. 너희가 대문을 열고 들어올 때부터 표정이 이상했어. 그때부터 나를 따돌렸다고!” 엄마는 머릿속이 하얘졌다. 들어도 기억이 안 났다. 미안하다고 긴 사과 편지를 보냈지만 답장은 오지 않았다. “사람이 살면서 자기가 아는 죄, 모르는 죄를 짓나 보다.”

나는 엄마가 그 친구 집에 발을 들여놓을 때 냉랭한 표정을 지었을 거라고 생각하지는 않는다. 그러기엔 엄마 형편도 만만치 않았다. 그렇다고 그 친구의 고통이 거짓도 아니다.

어떤 상처는 평생 진물 나는 옹이로 남는다. 그 울퉁불퉁한 표면 위에 경험들이 우둘투둘 쌓여 흉터로 자리 잡는다. 이승욱은 《소년 : 한 정신분석가의 성장기》에 이렇게 썼다.

"처음의 경험은 이후의 유사한 일들을 인식하는 데 원구조로서 기능하죠. 그래서 처음 경험을 제대로 이해하지 못하면 이후에 발생한 일들은 왜곡된 상태로 남아 있을 가능성이 있습니다."[47]

스무 살로 돌아간 엄마가 울 때, 나는 그 젊은 여자 곁에 있었다. 이제야 좀 알 것도 같다. 엄마나 나나 눈물은 스스로 닦을 수밖에 없다는 걸, 쓸쓸하지만, 자기 인생은 자신이 지킬 수 밖에 없다는 걸 말이다. 내가 할 수 있는 최선이라고는 들으려고 애쓰는 것밖에 없는데 그것도 영 잘 안 된다.

엄마 인생의 상처를 보상하는 존재가 될 수 없고, 되지 않아도 된다는 내 한계를 인정하고 그냥 들을 때, 일흔 살인 엄마와 40대인 나는 처음으로 두 소녀로 만났다. 그 마음을 완전히 알 수는 없지만 느낄 수는 있었다. 상처는 관계를 부수기도 하지만 타인과 나를 연결하기도 하나 보다. 나에게도 모멸의 기억은 있으니까. 모두 상처받으니까. 이승욱은 자기 어머니에 대해 이렇게 썼다.

"모든 여자의 허황함, 모든 인간의 허황함, 모든 인간의 소년과 소녀가 만들어낸 환상과 집착의 허황함을 느꼈습니다. 내가 슬퍼한 것은 어머니가 아니라 어머니의 어리고 아픈 소녀였습니다. (…) 오늘은 나무 뒤 어딘가에, 떨어진 잎새 어딘가에 숨어 나를 지켜보고 있을 어머니를 향해 자그맣게 손을 흔들었습니다."[48]

도두봉으로 가는 길에 해가 지기 시작했다. 엄마는 걷다 서다를 반복하며 해가 얼마나 바다에 닿았는지 확인했다. '바이킹 펜션' 간판이 잘 안 맞는 틀니처럼 덜덜거렸다. 바닷바람에 날아갈 것처럼 선 엄마, 울고 있는 소녀를 품은 노인이 이렇게 뇌까렸다. "해가 뜰 때도 꼴깍 뜨더니 질 때도 후루룩 져버린다지."

47, 48

이승욱 지음,
《소년 : 한 정신분석가의 성장기》,
열린책들, 2016.

슬픔은
사지선다형 문제처럼
간단하지 않다

인도네시아 친구가 울었다. 눈이 커서 눈물이 차오르는 게 보였다. 1년째 사귄 독일인 남자 친구가 헤어지자고 했단다. 연락이 뜸할 때부터 그 친구 빼고 주변 사람들은 낌새를 알아챘다. 남자는 문자에 답을 안 하거나 주말에 바빴다. 친구는 엉뚱한 근거를 끌어 모아 아직 그의 마음이 떠나지 않았다고 믿었다. 몇 년 전 독일에 살 때였다. 그때 나는 아마 이런 '조언'을 했던 것 같다. "네가 집착할수록 그 사람은 더 떠나. 그 자식이 뭔데. 없어도 얼마든지 잘 살 수 있어. 네 인생의 주인이 너잖아." 그 이별이 진부하다고 생각했다. 전형적이지 않나. 그때 '조언'하는 내 마음속엔 미세한 우월감도 있었던 거 같다. '바보같이. 다 끝난 걸 붙들고.' 친구를 위로하면서 확인하려 했던 건 내 현실의 안온함이었고 나는 같은 상황에서 다를 거란 확신이었다. 부정하고 싶지만 그랬다.

돌이켜보면, 그 이별이 무엇이었는지 나는 전혀 몰랐다. 그 이별을 이해하려면 타향에서 견뎌야 했던 친구의 외로움, 현지인과 외국인 연인 사이 권력의 불균형, 친구 자신도 설명할 수 없었을 결핍을 이해했어야 한다. 알지도 못하면서 그렇게 툭, 내가 아는 '이별 카테고리'에 던져 넣었다. 모든 상실이 고유하다는 걸 모를 만큼 나는 친구한테 관심이 없었다.

'그때 입 다물고 있을걸.' 내가 눈물 콧물 빼며 멜로드라마를 찍을 때야 알았다. 어떤 '조언'도 위로가 되지 않았다. "인생을 돌아볼 때라고, 자기를 돌아볼 때라고. 진짜로 원하는 게 뭔지." 맞는 말이지만 상처가 됐다. 머리는 떡이 된 채 추리닝 바지를 입고 나는 속으로 고함쳤다. '내가 바보라 이렇게 주저앉아 있는 게 아니야! 어쩔 수 없어서 이러고 있는 거야.' 그 '어쩔 수 없음'이 핵심인데, 그 '사건'에는 내 마음속 깊은 결핍이 묶여 있고 그 결핍의 결이 얼마나 복잡한지 나도 설명할 방법이 없는데, 알지도 못하면서…. 타인의 눈으로 보면 이 따위 이별은 얼마나 진부한지. 타인은커녕 자신에게도 진부해서 엎어져 있는 자기를 발로 찬다. 남들 다 겪는 거 왜 그러고 있냐고. 신형철은 산문집 《슬픔을 공부하는 슬픔》에 이렇게 썼다. "폭력이란? 어떤 사람/사건의 진실에 최대한 섬세해지려는 노력을 포기하는 데서 만족을 얻는 모든 태도."[49]

'이게 말이 돼?' JTBC 드라마 〈눈이 부시게〉를 처음 봤을 때 그랬다. 시간을 돌리는 시계 때문에 일흔한 살 할머니가 된 스물다섯 살 혜자가 다른 노인들과 '어벤저스'를 꾸려 악의 무리로부터 남자 주인공 준하를 구해낸다니 말이다. 준하가 지하실에 갇혀 있을 때 눈먼 할아버지가 돌고래처럼 반사파로 위치를 알아내지를 않나, 왕년에 주먹 좀 썼던 문신 할아버지는 일당백으로 젊은 깡패들을 쳐부수지를 않나, 황당했다. 이 이야기가 알츠하이머를 앓는 혜자의 눈으로 본 세상이었다는 걸 알고 다시 1회부터 봤다. 알고 있던 이야기는 전혀 다른 이야기가 된다. 기자였던 남편이 경찰에 끌려가 주검으로 돌아온 뒤 홀로 아들을 키운 혜자가 왜 망상 속에서라도 남편을 닮은 준하를 구할 수밖에 없었는지 이해하면 어벤저스의 황당한 희극은 함께 울 수밖에 없는 비극이 된다.

"오로라는 원래 지구 밖 자기장인데 어쩌다 보니 북극으로 흘러들어 왔거든. 오로라는 에러야. 그런데 너무 아름다운 거야. 그 에러가. 눈물 나게." 젊은 혜자는 난봉꾼 아버지를 피해 이리저리 이사 다니며 어린 시절을 보낸 준하에게 오로라 이야기를 들려준 뒤 이렇게 말한다. "애틋해." 혜자의 눈으로 세상을 봐야 그녀의 망상에 대해 말할 수 있다. "당신 삶이 애틋해." 애틋함은 빛에 따라 색깔이 바뀌어 어떤 카테고리에도 쉽게 던져 넣을 수 없다.

MBC 드라마 〈봄이 오나 봄〉은 3퍼센트대 억울한 시청률로 끝났지만 내 마음속 명작이다. 김보미 기자의 모토는 "인생 어차피 혼자"다. 그러니 눈치 볼 일이 없다. 마음 수련하려고 틀어놓은 염불이 '성공, 성공'으로 들리는 사람이다. 특별한 날엔 "조용하고 고요하고 고독한" 집에서 혼자 소고기를 구우며 맥주를 두 캔씩 한꺼번에 따 퍼마신다. 온갖 구린 비리를 잡아내는 초특급 레이더를 장착해 협박용으로 쓴다. 김보미 기자에게 붙는 수식어는 '싸가지', '이 구역 미친년', '또라이'다. 그러거나 말거나 9시 뉴스 앵커 자리에까지 올라갔는데

사달이 난다. '달고나'를 만드는 방식으로 허접하게 제조한 약을 멋모르고 먹는 바람에 왕년의 배우 김봄과 시시때때로 몸이 바뀐다. 톱스타 김봄은 국회의원 남편과 미래의 피아니스트 딸을 뒷바라지하는 낙으로 사는 인물이다. 라면 같은 악마의 음식은 이 집에선 아무도 못 먹는다. "옳지 않아요"를 입에 달고 사는 그녀는 화가 머리 천장을 뚫고 나올 때만 극악한 발언을 한다. "나쁜 사람!" 김보미 몸으로 오락가락하며 김봄은 어느새 라면 스프에 중독되고 자기가 믿었던 '행복'이 거짓투성이라는 걸 깨닫는다. 김보미 기자는 얼떨결에 '정의의 기자'가 된다. 마지막까지 이들은 한 달에 한 번 몸이 바뀌는 운명을 기꺼이 받아들인다.

'이건 웃기는 드라마가 아니야.' 김보미 기자가 케이크에 꽂힌 초를 콧바람으로 꺼버리는 걸 보며 히히덕거리다 멈췄다. 타인의 슬픔을 이해한다고? 그건 몸이 바뀌어 타인의 현실 속으로 던져지는 기적이 일어나도 될까 말까 한 일이다. 한 번 몸이 바뀌는 걸로는 턱도 없고 평생 주기적으로 타인의 현실에 제 것같이 부닥쳐야 이룰 수 있는 공감의 경지다. 그래야 겨우, 그 삶의 결이 보이고 '미친 이기주의자', '바보 아줌마'라고 서로에게 붙인 딱지를 떼어낼 수 있다. 불가능하지 않을까?

친구가 울던 그때, 적어도 나는 가만히, 오래 곁에 있어줄 수는 있었다. 내가 울 때, 내 슬픔이 사지선다형 문제처럼 간단하게 다뤄지지 않기를 바랐던 것처럼.

49

신형철 지음,
《슬픔을 공부하는 슬픔》,
한겨레출판, 2018.

의미를 찾는 존재들

“옥상에서 울었어.” 한 금융회사에 다니는 40대 직장인 친구가 카톡을 보냈다. 애 볼 사람 없어 하루 연차 내겠다고 했다가 부장한테 또 휴가냐 한 소리 들었단다. 전화로 뒷담화라도 시원하게 하자고 했더니 안 된단다. 52시간 근무제 되고 30분 이상 컴퓨터가 정지 상태면 소명하라는 창이 뜬다. “장점도 있어. 부장이 깰 때도 30분마다 자기 마우스 움직이느라 잠깐 멈

추거든."

부장이 꼬투리를 잡는 데는 이유가 있다. 친구가 능력 있다. 임원이 부장을 재끼고 중요 업무를 맡긴다. 부장은 친구에게 조언이라고 이렇게 말했다. "너한테 일 시키는 거, 네가 여자이기 때문이다. 그 사람, 경쟁자를 안 키운다. 애초에 기어오를 꿈도 못 꿀 사람 중에 고르는 거다." 친구도 안다. 모든 공은 임원에게 돌아간다. 친구는 회사 생활을 17년째 버티고 있다.

한 기관 상담 창구에서 일하는 다른 친구는 한동안 이명에 시달렸다. 블라인드가 올라가면 컨베이어벨트가 돌아간다. 미간을 잔뜩 찌푸린 사람들이 창구로 몰려 들어온다. 이 와중에 팀장은 매달 한 명 '액받이'를 찍었다. 이유는 자기 맘이다. 튀는 원피스를 입었다거나 아이라인을 짙게 칠했다거나. "누구한테 잘 보이고 싶어서?" 이렇게 시작이다. 숨 쉬는 것도 죄가 된다. 다음 달 액받이 선정 때까지 이명을 음악 삼아 참는 수밖에 없다.

왜 버텨야 하나? 직장 성토대회가 한창 무르익는 와중에 물었다. "그야 먹고 살려고 다니지." 다들 별걸 다 묻는다는 듯 웃었다. 정말, 정말로 그게 다야? 머리에 500원짜리 동전만한 땜통이 생겨도 17년을 참았던 까닭이? 꼬치꼬치 물으면 쑥스럽게 대답한다. "내 존재를 확인받고 싶어서 그런 거 같기도 해. 회사를 그만두면 나라는 개인이 사라져 버릴 것만 같아서. 내가 사라지면 아이에게 집착하게 될까 봐. 내가 하는 일이 조금은 의미가 있지 않을까?" '액받이' 공포증에 시달리는 친구는 아버지 병원비를 댄다. "어떤 때는 바지 한 쪽을 다 벗기도 전에 자. 정말 지금 최대한 한 방울까지 짜내 최선을 다해 살아. 그렇게 아버지를 돌보는 건 의미 있다고 생각해." 다른 친구는 "최 과장 없으면 안 돼" 그 말 때문에 소처럼 일한다. '당신이 필요해'라는 말을, 우리는 얼마나 갈망하나.

"세상에 이렇게 아름다울 수가!" 아우슈비츠에서 어느 날, 빅터 프랭클은 그런 일몰을 느꼈다. 그는 119번이었지만, 인간으로 살아남았다. 누이를 뺀 가족은 모두 몰살당했다. 정신과 의사인 그가 쓴 책 《죽음의 수용소에서》를 보면, 그곳에서조차 인간은 선택할 수 있다. 사람으로 남을 것인가. 어떤 이는 수감자 감시원으로 뽑혀 아무 이유 없이 몽둥이를 휘두른다. 어떤 이는 하루에 한 덩이 배급되는 빵을 나눈다. 어떤 이는 삶을 포기하고 자기 배설물 위에 누워 죽지만 어떤 이는 유리조각으로 면도한다. 어떤 이는 그 속에서도 유머를 사수한다. 수감자들은 건더기가 조금이라도 담기도록 국자를 냄비 바닥 깊숙이 긁어 수프를 퍼주길 소망한다. 물밖에 없는 수프를 게걸스레 들이키며 한 수감자는 우스개를 한다. “이러다 밖에 나가 파티에 가서도 바닥부터 긁어달라고 하겠는걸.”[50]

프랭클은 그곳에서 한 죽어가는 여자를 만났다. “나는 운명이 나에게 이렇게 엄청난 타격을 가한 것에 대해 감사하고 있어요.”[51] 그 여자는 뼈밖에 안 남은 손가락으로 밤나무 가지 한 개와 꽃 두 송이를 가리켰다. “나무가 이렇게 대답해요. 내가 여기 있단다. 나는 생명이야.”[52] 프랭클은 죽었는지 살았는지 모를 아내와 상상의 대화를 이어가며, 아우슈비츠 입소 때 빼앗긴 원고를 머릿속으로 완성해가며 살아남았다. “왜 살아야 하는지를 아는 사람은 그 어떤 상황도 견뎌낼 수 있다.”[53]

생존한 그는 사람한테는 ‘의미를 찾고자 하는 의지’가 있다는 전제로 그 의미를 대면하도록 돕는 ‘로고테라피’를 정립한다. ‘의미’는 어떻게 찾나? 지금 여기에서, 창조로, 사랑으로, 피할 수 없는 시련에 대한 태도를 결정함으로써 찾을 수 있다. 잡으려 할수록 도망치는 자아실현이 아니라 세상과 타인으로 열린 시선 속에서 붙잡을 수 있다고 한다. “정말 중요한 것은 우리가 삶으로부터 무엇을 기대하는가가 아니라 삶이 우리로부터 무엇을 기대하는가 하는 것이라는 사실을…. 인생이란 궁극적으로 이런 질문에 대한 올바른 해답을 찾고, 개개인 앞에 놓인 과제를 수행해 나가기 위한 책임을 떠맡는 것을 의미한다."[54]

지하철에서 오다리에 허리가 뒤로 살짝 젖혀진 한 할머니가 신바람 나 다른 할머니에게 얘기 중이다. 서로 아는 사이 같지는 않은데 같이 탄 김에 말도 튼 것 같다. 봇짐을 닮은 배낭을 멘 신바람 할머니가 자랑했다. "내가 나이가 70이 다 돼 가는데 청소를 하거든요. 빌딩 청소. 근데 우리 회사가 청소 회사 중에 제일 커요. 휴가도 있다니까요. 평생 일을 쉰 적이 없어요. 텃밭도 있어요. 감자랑 심었는데 엄청나게 실해요. 자식들 다 나눠 줬죠." 별 관심 없어 보이는 다른 할머니는 "아이고, 대단하시다" 추임새를 연방 넣었다. 오다리 할머니는 한바탕 손을 흔든 다음 내렸다. 뚜벅뚜벅 걸어나갔다.  등 뒤에 봇짐이 달랑거렸다.

아버지 병수발 드는 친구는 추운데 산책 나가겠다는 아버지 뜯어말리느라 한바탕 설전을 벌인 뒤 출근했다. 임원 치다꺼리 중인 친구는 나중에 자기 이름은 지워질지 모를 보고서를 쓰느라 밤잠을 설쳤다. 보고서가 꽤 맘에 들었다. 초등학교 4학년 딸은 어제 축구하느라 피곤해 늦잠 잤다. "최 과장 최고"에 중독된 친구는 '이게 착취 같기도 한데'라고 한 번 갸우뚱했다가 또 불도저처럼 일했다. 그렇게 하루의 시련이 주는 질문에 답했다. 유일무이한 자기 방식으로.

올 봄, 해바라기 씨앗 두 개를 궁금해서 샀다. 정말 해바라기가 될까? 휘청휘청 자랐다. 옆에 세운 나무젓가락을 치우면 금방 쓰러질 것 같았다. 그러더니 가을, 손톱만한 꽃이 기어코 핀다. 이렇게 작은 해바라기 꽃은 처음 봤다. "인간은 행복을 찾는 존재가 아니라 주어진 상황에 내재해 있는 잠재적인 의미를 실현시킴으로써 행복할 이유를 찾는 존재라고 할 수 있다."[55]

50, 51, 52, 53, 54, 55

빅터 프랭클 지음, 이시형 옮김,
《죽음의 수용소에서》,
청아출판사, 2005.

아버지에게 처음으로 난동을 피웠다

일흔다섯 살 아버지가 새로 산 휴대전화를 들고 몸부림 중이다. "하이 빅스비, 김소민에게 반갑다고 문자 보내줘." 아버지는 옆방에 있는 나한테 물었다. "문자 갔냐?" "안 왔어요." "하이 빅스비, 문자 보내주세요." "안 왔다니까요." "빅스비, 문자 보내!" "안 왔어요." "빅스비! 이제 불러도 대답도 안 하네. 지랄하네. 내가 너무 많이 불러댔나?" 부엌에 있던 엄마가 구시렁거렸다. “전화 올 데도 없는 양반이 비싼 휴대전화는 사서….” 나는 전화 올 데가 없기 때문에 아버지가 ‘빅스비’를 샀다고 생각했다.

‘빅스비’를 애타게 찾는 이 경상도 남자가 나를 사랑하지 않는다고 40년 넘게 믿었다. 그 믿음의 씨앗에서 거대한 블랙홀이 싹텄다. 아무한테나 사랑과 인정을 갈망하고 허겁지겁 빨아들이는 그 블랙홀에 수많은 타인이 제물이 됐다. 그 제물엔 나 자신도 포함됐다는 걸 조금씩 깨닫게 되는 요즘에야 아버지가 궁금해졌다. “종로3가 구경시켜주세요.” 일 없는 아버지가 시간을 때운다는 곳이다. 이 말을 할 때까지 진짜 용기가 필요했다.

평생 말이라곤 “다녀올게요”와 “다녀왔습니다” 말고는 섞을 생각도 않던 딸이 갑자기 이런 제안을 하니 아버지는 어색해했다. 탑골공원 앞에서 만난 그는 여행 가이드 같았다. 공원 안 팔각정에는 할아버지들이 다닥다닥 앉아 있었다. 서로 친한 것 같지는 않았다. 계단에 앉은 한 노인은 신발을 벗은 채 졸았다. 오다리를 뻗고 있다. 〈스타트렉〉에 나올 듯한 선글라스를 낀 아버지는 의기양양해 보였다. “에~, 그러니까 이건 원각사지십층석탑이다.” “아, 오래됐네요.” 아버지는 공원 안을 한 바퀴 돌았다. “원래는 여기 벤치가 많았는데, 그 뭐랄까, 노인네들이 서로

꾀기도 하고, 뭐랄까, 퇴폐랄까. 하여간 유적지 분위기를 해친다고 벤치를 다 없앴다." "퇴폐는 아닌 거 같은데…." "뭐 그렇게 됐다. 그래서 저렇게 층계나 돌덩이 위에 앉아 있다." 정원을 꾸민 돌들을 할아버지들이 한 명씩 차지하고 있다. 한국 노인판 '생각하는 사람' 조각같이 꿈쩍을 안 한다.

"여기는 송해 거리다." 탑골공원 옆 골목길 초입엔 정자가 있는데 송해 얼굴을 그려 넣은 폿말이 보였다. 왜 하필 송해인지 아버지는 모른다고 했다. '홍콩가', '차차차'…. 그 거리엔 한두 집 걸러 노래방이 있다. 아버지는 '대한민국 최고의 맛집'이라는 플래카드를 내건 레스토랑으로 안내했다. 노인들 사이에 부킹도 해주는 곳으로 유명하다며 입구만 보여주겠다고 했다. "부킹해보셨어요?" "들은 이야기다." "혹시 말 거는 할머니들 있어요?" "있다." "무슨 말 하셨어요?" "할마씨가 뭐라 뭐라 하던데 나는 무슨 말인지 하나도 모르겠어서 그냥 왔다." 아마 무슨 말인지 하나도 몰랐다는 건 사실일 거다. 이발관은 커트가 4,000원이었다. "원래는 3,000원인데 올랐다"고 아버지는 아쉬워했다.

송해 거리에서 아버지가 주로 가는 곳은 '고석인 팬클럽'(고석인이 누굴까?) 근처 기원들이다. 4,000원을 내면 오전 10시부터 밤까지 들락날락 하루 종일 있을 수 있다고 했다. 아버지는 한 기원을 가리키며 "저기는 이제 못 간다"고 말했다. 바둑을 두다가 싸웠단다.

짬뽕을 먹고 피카디리극장까지 걸었다. 아버지는 노인은 영화 한 편에 4,000원이라며 걸린 영화는 혼자 다 봤다고 했다. "〈독전〉 재밌어요?" "봤는데 기억이 안 난다." 극장 지하엔 즉석 사진관이 있다. "여기서 내가 한번 찍어봤다. 괴물같이 나온다." 청계천 수표교에서 아버지와 사진을 찍었다. 아버지 팔을 슬쩍 잡았는데 뻣뻣했다. 어색해서 금방 뺐다. 40년 만에 처음으로 아버지와 단둘이 한 관광은 1시간 30분 만에 끝났다. 휴대전화엔 스타트렉 노인과 오다리 중년 여자가 정상회담 같은 포즈로 서 있는 사진이 남았다.

'아버지는 나를 사랑하지 않는다'는 전제를 처음 의심한 것은 직장을 그만두기 1년 전, 사추기 호르몬의 광란이 시작될 전조가 보일 즈음이었다. 정신이 나가 처음으로 아버지한테 난동을 피웠다. 그때 아버지가 이런 말을 했다. "네 돌 때, 돌상에 떡이랑 과일을 올려야 하는데 돈이 없어서 높이 못 올려줬다. 그게 마음이 아팠다." 처음 듣는 말이었다.

내 인생의 대전제에 두 번째 균열이 난 건 회사를 그만둘 때였다. 아버지에게 통보해야 했다. 아버지한테 빌린 돈 때문이었다. 그 돈을 빌릴 때 아버지는 여느 채권자처럼 상환 계획을 물었다. '이자 안 받아 다행이다'라고 생각했다. 내가 쓴 메일은 간단했다. "퇴사했습니다. 당분간 돈 못 갚습니다. 취직하는 대로 갚겠습니다. 죄송합니다." 아버지는 딱 한 줄로 답 메일을 보냈다. "알았다." 어떻게 살 건지 묻지 않았다. 눈물이 철철 났다. 세 글자에 담긴 깊은 신뢰가 처음으로 느껴졌기 때문이다.

사실 나는 이 남자를 모른다. 아버지에 대한 이야기는 모두 풍문으로 들은 수준이다. 똥구멍 찢어지게 가난했고, 아버지가 초등학교 5학년 때 할머니가 돌아가셨고, 가출한 소년은 길에서 얼어죽을 뻔했다는 이야기들이다. 40년 넘게 이 남자를 봐왔지만, 그리고 안다고 믿었지만, 이것 중 어느 하나 직접 듣지 못했다.

니컬러스 에플리는 책 《마음을 읽는다는 착각》에서 흥미로운 실험 하나를 소개한다. 6년 이상 함께 산 부부가 상대를 타인보다 더 잘 알까? 상대의 자존감에 대해 물었다. 예상대로 생판 남보다는 서로 좀 더 잘 알았다. 주목할 것은 이게 아니다. 짐작과 실제의 차이다. 부부의 경우, 상대에 대한 자신의 짐작이 맞을 거라고 생각하는 비율과 실제로 맞힌 비율의 차이는 서로 모르는 사이보다 훨씬 컸다. 부부들은 상대의 자존감에 대한 질문 열 개 중 여덟 개는 맞힐 거라고 생각했는데, 실제 맞힌 건 네 문제뿐이었다. 처음 만난 사람들은 적어도 서로 알지 못한다는 전제라도 까는데, 부부는 서로 잘 알지 못하면서 '네 마음은 내 손금 보듯 한다'라고 심하게 착각하고 있다는 거다. 저자는 상대의 마음을 척하면 알 수 있다는 과도한 확신을 버리고 물어보고 들어보라고 말한다.

종로3가 여행을 마친 이튿날, 자고 일어나 내 잠옷에 코를 대보니 익숙한 냄새가 난다. 아버지의 체취가 나한테서 났다. 아버지에 대한 내 어떤 확신이 내 마음의 밑바탕을 그렸다. 그리고 40년이 지나서야, 내가 잘못된 전제 위에 내 삶을 통째로 쌓아왔을지도 모른다는 생각이 든다. 그 밑바탕 색을 다시 칠하는 건 온전히 내 몫이다. 이제 그는 젓가락을 잡을 때 손이 덜덜 떨리고, 나는 염색을 한다. 다음 주에는 피카디리극장에서 같이 영화를 보자고 말해볼까? 할 수 있을지 모르겠다.

우리는 사람으로 살다 죽고 싶다

20년이 넘었는데 그 아기 얼굴을 잊지 못한다. 대학교 1학년 때, 혼자 한 아동복지원에 자원봉사를 갔다. 무슨 뜻이 있었던 건 아니다. 학교에 적응하지 못해 여기저기 배회하던 시절이다. 한 방에 아기 20여 명이 있었다. 대개 입양을 기다리는 아기들이었던 것 같다. 거기서 청소 따위를 했다. 그 뿌연 기억 속에서 기저귀를 찬 그 아기는 온 얼굴을 구기며 울고 있다. 파란 줄무늬 티셔츠는 온통 콧물, 눈물 자국투성이다. 선 채로 두 팔을 내게 벌리고 운다. 그 가느다란 두 팔이 아직 생생하다. 나는 그 아기를 끝까지 안아주지 않았다.

그 아기의 열망이 너무 간절해 뒷걸음질쳤다. 내 첫 기억 탓인지도 모른다. 컴컴한 방, 침대 위에 나만 있다. 몇 살인지 모르겠다. 아무 소리도 들리지 않는다. 그때 누가 나를 안았다면 그 품에서 떨어지지 않았을 거다. 그래서 그 아기를 안으면 내 품에서 떨어지지 않을 것 같았다. '다른 아기들도 다 안기고 싶어. 근데 왜 너만 유독 그래.' 죄책감을 피하려 말도 못 하는 아기를 속으로 탓했다. 그 복지원에 다시 가지 못했다. 그곳을 떠올릴 때마다 아기에게서 고개를 돌린 내가 보여서다.

이 정도는 약과인 수많은 악행을 저질렀지만 어떤 장면들은 그렇게 또렷하다. 내가 어떤 사람인지 나에게 빼도 박도 못할 증거를 들이댄다. 부탄에서 인도 쪽으로 국경을 넘자마자 나오는 도시 '자이공', 그 길 한복판에서 얼어붙었다. 땀인지 눈물인지 빗물인지로 얼굴이 얼룩덜룩했다. 6월의 습기와 열기 속에서 쓰레기 더미가 썩어 들어갔다. 도시 전체가 두엄이다. 아이들은 그 속을 뒤져 페트병 따위를 자루에 담았다. 건물은 여기저기 멍든 자국처럼 삭았다. 시장통에서 사람들은 흥정했다. 한 백발의 여자는 몸만 겨우 가린 사리를 두른 채 맨발로 진창을 휘청휘청 걸으며 구걸했다. 구정물 같은 빗물이 여자 머리 위로 떨어졌다. 임신한 염소 한 마리가 돌아다녔다. 염소 옆구리가 터질 듯 불룩하다. 그때, 자루를 든 다른 할머니가 내게 다가왔다. 목이 늘어난 티셔츠 사이로 쇄골이 튀어나왔다. 얼굴에서 표정을 읽을 수 없었다. 그리고 신발을 신고 있었다. 나는 그녀를 등지고 돌아 걸었다.

호텔 방엔 에어컨이 빵빵하게 들어왔다. 뜨거운 물로 샤워했다. 리넨 침대보는 하얗다. 몸이 노곤해졌다. '그 할머니는 그래도 형편이 더 나아 보였어. 신발을 신었잖아.' 합리화해봤자 소용없었다. 1달러를 무슨 권리인 양 쥐고 알지도 못하면서 타인의 고통을 저울질하는 내가 거기 서 있다. '너는 더 불쌍해 보이니 1달러, 너는 신발 신었으니 패스.' 그렇게 줄을 세웠던 내가 있다. 내게 그 할머니는 사람이었나. 사람을 사람 취급하지 않는 나는 사람인가.

이기호의 소설집 《누구에게나 친절한 교회 오빠 강민호》에는 타인의 슬픔을 마주보려 했지만 결국 반쯤 돌아서버린 사람들의 이야기가 나온다. 〈나정만씨의 살짝 아래로 굽은 붐〉은 용산 참사 현장에 출동하지 못한 한 가상의 크레인 기사 인터뷰다.

경찰을 망루로 올리는 작업을 지시받았는데 과적단속에 걸려 현장에 가지 못했다. 술이 돌고 이야기는 꼬여가다 크레인 기사가 묻는다. "그러니까 형씨도 나랑 비슷한 거 아니냐구요. 안타까운 건 안타까운 거고, 무서운 건 무서운 거 아니냐구요."[56]

타인의 슬픔은 얼마나 버겁고 두려운 것인지. 완전히 외면하지도 받아들이지도 못하는 갈팡질팡 속에 수치가 자란다. 〈한정희와 나〉에서 한정희는 따지고 보면 '나'와는 별 상관없는 초등학생이다. 극중 화자의 부인이 초등학교 때 집안이 망해 엄마 친구 집에서 신세를 진 적이 있다. 엄마 친구 부부는 친부모도 주지 못한 따뜻함으로 아이를 키운다. 부인이 본가로 돌아가고 엄마 친구 부부는 양자를 들이는데, 이 아들이 커서 사고를 치고 다닌다. 그 양자의 딸이 한정희로, 오갈 데가 마땅치 않게 됐다. 극중 '나'는 한정희를 집에 들이고 나름대로 잘 돌본다고 생각했는데 한정희는 말간 얼굴로 학교 폭력을 저지른다. 그런 정희에게 나는 결국 퍼붓고 만다. "너 정말 나쁜 아이구나." 정희가 떠나고 이 말은 그에게로 그대로 다시 돌아온다.

"우리의 내면은 늘 불안과 절망과 갈등 같은 것들이 함께 모여 있는 법인데, 자기 자신조차 낯설게 다가올 때가 많은데, 어떻게 그 상태에서 타인을 이해하고 받아들일 수 있는가."[57]

타인의 슬픔이 남긴 죄책감이 얼마나 무거운지 주인공들은 되레 피해자의 멱살을 잡기도 하고(〈권순찬과 착한 사람들〉), 자신이 준 상처는 알지도 못하거나 알아도 잊어버린다(〈누구에게나 친절한 교회 오빠 강민호〉). 게다가 타인의 슬픔은 얼마나 난해한지, 어떤 호의는 되레 상처를 덧낸다.

"우리는 저마다 각기 다른 여러 개의 선을 가지고 있는데, 그것을 하나의 선으로만 보려는 것은 그 사람 자체를 보려는 것이 아닌, 그 사람을 보고 있는 자기 스스로를 보려는 것이라고, 나는 그렇게 의심을 하게 될 때가 더 많아졌다."[58](〈나를 혐오하게 될 박창수에게〉)

어차피 불가능할 '환대'라면 차라리 놓아버리면 되지 않을까? 어쩌자고 이기호의 주인공들은 실패가 뻔한 시도를 계속하나? 왜 이런 질문을 붙들고 있을까?

"이렇게 춥고 뺨이 시린 밤, 누군가가 나를 찾아온다면, 누군가 나에게 도움을 요청한다면 그때 나는 그를 어떻게 맞이할 것인가? 그때도 과연 그에게 손을 내밀 수 있을까?"[59]

그 아기에게 등을 돌렸을 때, 나는 내게도 등을 돌렸다. 갑작스럽게 들이닥친 타인은 내가 나를 긍정할 수 있는 기회이자 시련이기도 하다. 외로 고개를 튼 자리마다 죄책감의 생채기가 나고 그만큼 나도 허물어진다. 결국 자기는 속일 수 없으니까, 타인을 사람으로 보지 않은 기억들은 나도 사람이 아님을 자신에게 증명하니까, 우리는 사실 사람으로 살다 죽고 싶으니까, 이 질문을 놓지 못하는지도 모르겠다. 그러면서 오늘도 또 실패한다.

56, 57, 58, 59

이기호 지음,
《누구에게나 친절한 교회 오빠 강민호》,
문학동네, 2018.

그때
밥해줄걸

최고의 위로를 떠올리면 설거지하는 달그락 소리가 들린다. 친구는 살림에 취미가 없었다. 싱크대가 터질 듯 그릇이 쌓여야 물을 틀었다. 그날, 나는 그 친구의 일곱 살짜리 아들 방을 차지하고 있었다. 기모 담요가 깔린 요 위에 앉아 친구가 설거지하는 소리를 들었다. 내 엉덩이 아래 친구 아들이 가지고 놀던 레고 조각이 깔려 있었다. 엉덩이를 들어 조각을 뺄 힘이 없었다. 일곱 살짜리 소년은 거실에서 낙서 따위를 했던 것 같다. 평범한 오후였다. 그 전날, 내가 믿었던 일상은 사라졌다. 하루 만에 내가 모르는 세계로 추방됐다. 발아래가 허공이었다. 나는 머리카락을 꼬며 중얼거렸다. "그럴 리가 없어."

그럴 리가 '많다.' 사람은 태어나고 사랑하는 것만큼 죽고 뒤돌아선다. 전자는 당연한데 후자는 이해할 수가 없다. 멍한 채 방 하나를 점거한 나에게 추리닝을 입은 친구는 달걀 프라이를 먹였다. 콩나물국을 먹였다. 가끔 생선도 줬던 것 같다. "커피 마실래?" "그럴 리가 없어." "이 책 읽어볼래?" "그럴 리가 없어." 나는 똑같은 말을 중얼거리며 친구가 가는 데는 그냥 죽기 살기로 쫓아다녔다. 아이 등굣길에, 마트 가는 길에, 음식물 쓰레기 버리는 데도 따라다니며 중얼거렸다. "그럴 리가 없어." 그러다 레고가 흩어진 요 위에서 잤다. 일주일은 그랬던 거 같다. 친구 남편이 그 집에 있었는지는 기억도 안 난다.

론 마라스코와 브라이언 셔프가 쓴 《슬픔의 위안》을 읽어보니, 그때 나는 꼭 필요한 위로를 받았다. 이제야, 뒤늦게 알았다. '패닉'은 그리스 신화에 나오는 목양신 '판'에서 나온 말이라고 한다. 판은 나그네가 홀로 지날 때 소스라치게 놀라게 하는 숲의 신이다. 외딴 곳에서 혼자 느끼는 두려움을 '판이 일으키는 공포'라 불렀다. 상실이 후려치면 제정신을 강탈해가는 '패닉'은 공포이자 외로움이다. 문제는 외롭지만 같이 있기 버겁다는 데 있다. 슬픔을 소화하는 데도 내장에 축적된 지방까지 박박 긁어 쓸 만큼 힘이 든다. 선의의 위로에 '고맙다' 응대하는 것도 힘겹다. 그때 필요한 건 같이 있으되 혼자 있을 수 있는 상황이다. 말이 되는 말을 하지 않아도 되는, 말 안 되는 말을 해도 되는 상대가 필요하다. 그날, 달그락거리는 설거지 소리는 내게 홀로이되 같이 있는 위로였다. 동시에 아직 일상은 무너지지 않았다는 작은 증거였다.

위로는 기모 담요다. 이 책에 슬픔과 온도의 상관관계에 대한 한 실험이 나온다. 토론토 대학 연구진이 한 그룹엔 사회적으로 고립됐다고 느꼈을 때를 생각해보라고 주문했다. 다른 집단엔 반대 경우를 떠올려보라고 했다. 이어 두 그룹에 실내 온도를 맞혀보라고 했다. 고립감을 느꼈던 그룹은 반대쪽보다 3도 낮은 추정치를 내놨다. 슬픔은 추위라 이겨내려면 체온이, 담요가 필요하다. 레고 조각이 흩어졌어도.

위로는 달걀 프라이다. 《슬픔의 위안》 저자들은 상실에 허우적거리는 사람들은 밧줄에 매달린 상태라고 썼다. 그 반대편

줄을 단단히 잡고 있는 사람이 가장 가까운 이일 필요는 없다. 사소한 것이라도 믿을 수 있으면 된다. '네가 정신이 나가 있어도 나는 네가 배고플 때 최소한 달걀 프라이라도 해주겠다'라는 약속이다. 새벽에 받아주는 전화다. 눈이 퀭한 친구를 달고 장보기다. 그런 신뢰 덕에 나는 아직 '안전하다'는 감각을 유지할 수 있었다. "시간이 지나면 잘될 거야." "너는 괜찮을 거야." 말하는 사람 자신도 온전히 믿지 못할 말은 공허하다. "편안함comfort의 어원은 성채처럼 '튼튼한'을 의미하는 fortis다."[60] 그 달걀 프라이는 내가 안전하게 머물 수 있는 성채였다. 노른자는 터졌지만.

레이먼드 카버의 《대성당》에 실린 단편 〈별것 아닌 것 같지만, 도움이 되는〉에는 그런 밧줄을 쥔 낯선 이가 나온다. 스코티는 월요일이면 여덟 살 생일을 맞는다. 엄마는 그전에 쇼핑몰에 있는 빵집에서 스코티만을 위한 케이크를 주문했다. 중년의 빵집 주인은 퉁명스러웠다. 월요일 오후, 스코티는 여느 때와 똑같이 학교에서 집으로 향했다. 가벼운 교통사고였다. 스코티는 넘어졌다 일어나 집까지 왔다. 그러곤 정신을 잃었다. 스코티는 곧 혼수상태에 빠졌다. 원인을 알 수 없었다. 아이는 수요일에 숨졌다. 월요일에 있던 아이가 수요일에 없다. 아이가 사라진 집에 자꾸 전화가 걸려왔다. 빵집 주인 목소리다. 부모는 분노했다. 누구에게 향하는 화인지 명확하지 않다. 일단은 빵집 주인이다. 빵집으로 쳐들어갔다.

사실 빵집 주인은 잘못한 게 없다. 스코티가 그렇게 된 줄 몰랐다. 그는 그냥 케이크를 가져가라고 전화한 것뿐이다. 사정을 들은 그는 다만 용서를 구했다. 그 순간 그가 할 수 있는 일을 했다. 빵집 주인은 오븐에 막 구운 계피롤빵을 내왔다. 커피를 내렸다. 엄마는 달콤한 롤빵을 먹었다. 스코티의 부모와 빵집 주인은 자정부터 해가 뜨도록 이야기를 나눴다.

기억은 냄새를 타고 온다. 친구 집에서 온갖 민폐를 끼친 게 3년 전이다. 죽음을 연구한 엘리자베스 퀴블러 로스는 말기 환자들이 죽음을 받아들이는 과정을 다섯 단계로 나눴다. 부정, 분노, 협상, 우울, 수용이다. 상실을 소화해가는 단계이기도 하다는데 이 순서로 오지도 않고, 또 모두 다 거친다고 끝도 아니다. 익숙한 냄새가 슬쩍 코끝을 스치기만 해도 그 모든 단계들이 되살아나곤 한다. 그러면 또 전화통을 붙들고 돌림 노래를 한다. 친구는 전화기 저편에서 듣고 있다. 여전히 밧줄을 잡고 있다.

상실에도 제각각 무게가 있다. 내가 짊어진 건 봄 소풍 봇짐

정도라면 친구는 벽돌 더미를 지고 있다. 지난해 가을 친구는 어머니를 잃었다. 장례식에서 나도 같이 울었다. 친구의 겨울이 어땠는지 나는 잘 모른다. 자기 슬픔은 대하드라마인데 남의 슬픔은 단막극인 줄 안다. 전화 통화가 끝나고 한참 뒤에야 후회가 몰려왔다. 밥해줄걸.

60

론 마라스코, 브라이언 셔프 지음,
김명숙 옮김,
《슬픔의 위안》,
현암사, 2012.

대충
자주 본 사이가
주는 온기

우울할 때면 '갤러리 김 과장'과 동네 할머니의 '티키타카 대화'를 본다. 유재석과 조세호가 여러 동네를 돌며 즉석 퀴즈를 내는 tvN 〈유 퀴즈 온 더 블럭〉의 '레전드' 영상이다. 서울 삼청동 골목이다. 왼쪽 담으론 담쟁이가 기어오르고 있다. 골목은 유재석, 조세호, 그들이 지나가다 만난 김 과장이 쪼그려 앉으면 꽉 찬다. 오른쪽으론 낡은 단층집들이 늘어섰다. 그 단층집에 할머니가 산다. 김 과장과는 오다가다 알게 된 말동무 사이이다. '무서운' 할머니란다. 할머니는 김 과장을 '웬수댕이'라 부른다. 할머니가 집 앞에서 왜 퀴즈를 푸냐고 투덜거리다 집 지켜줘서 고맙다는 반전 멘트와 함께 떡을 이쑤시개로 찍어 한 사람씩 돌린다. 할머니가 "안 줘" 했더니 김 과장은 "주지 마"라고 받아쳤다. 떡은 어느새 김 과장 손에 들려 있다. 미국 사는 딸이 왔네, 동네 은행에서 주는 떡인데 맛있네, 어쩌네 하다 보면 기억에 남는 대화는 없는데 시간이 순식간에 지나간다. 대충, 오래 자주 본 사이가 주는 온기가 있다.

〈유 퀴즈 온 더 블럭〉의 주인공은 골목이다. 서울 연희동 가파른 골목길을 오르면 이 동네에서 16년 장사한 '샤넬 미용실'이 있다. 그 동네에서 30~40년 산 할머니들이 들러 "그냥 곱슬곱슬" 파마하는 집이다. 틀니 안 끼고 와도 된다. 겨울엔 미끄러져서라도 오는 길이다. 미용실 안엔 파마를 마는 로트 꾸러미와 회청색 선풍기가 있다. 한쪽에선 퀴즈를 맞히네 마네 하는데 다른 구석에선 분홍 수건을 머리에 두른 할머니가 졸고 있다. 흰색 페인트가 군데군데 벗겨지고 실금이 간 단층집들이 늘어선 길 앞에서 한 할머니가 공터에 물을 준다. 사람들이 쓰레기를 자꾸 버려 꽃을 심었단다. "우리 동네가 제일 좋다. 아침에 일어나면 꽃이 웃어준다." 할머니 말에 이런 댓글이 달렸다. "이상하게 눈물이 난다."

서울이나 그 근처에서 40년 넘게 살았는데 '우리 동네'를 가져본 적이 없다. 정 붙일 새가 없었다. 어린 시절엔 전셋값에 쫓겨 2년마다 이사를 다녔다. 이사 첫날엔 이삿짐을 쌌던 신문지 냄새가 났다. 이곳도 곧 떠나게 될 거라고 환기하는 냄새였다. 회사 다닐 때는 근처 일곱 평짜리 오피스텔에서 살았다. 15층 한 동짜리 건물인데 대로변이라 안전하다는 이유로 월세가 비쌌다. 월급의 3분의 1은 주인 통장으로 직행했다. 그 돈을 내며 오래 살 형편은 못 됐다.

그 오피스텔에 살던 2년 동안 옆집 사람을 본 적이 없다. 그 존재는 텔레비전 소리로 알았다. 그는 저녁 뉴스 전에 하는 일일드라마 애청자다. 나는 그 드라마를 본 적이 없는데도 내용은 다 꿨다. 오늘쯤 출생의 비밀이 밝혀질 텐데. 나는 엘리베이터를 타고 올라와 철문을 닫으면 사라지는 익명의 303호나 407호, 1807호, 도시 메뚜기였다.

서울 근교 신도시는 어딜 가든 비슷하다. 개성이 사라진 자리는 계급이 메웠다. 다른 건 아파트 브랜드뿐이다. 최근 경기도 신도시로 이사한 엄마는 칠십 평생 처음 살아보는 새로 지은 집이라며 자랑했다. 과연 터치만 하면 불이 들어왔다. 왜 굳이 터치만 해야 하는지는 잘 모르겠다. 집에서 엘리베이터 버튼을 미리 눌러놓을 수도 있다. 우연한 만남을 최소화하도록 설계된 집이다. 25층 고층 아파트로 한 동에만 500가구 넘게 사는데 사람을 보기 힘들다. 집에서 엘리베이터 버튼을 먼저 눌러놓고 기다리다 바로 타고 지하 주차장으로 내려간 다음 자기 차로 근처 대형 마트에 간다. 주말마다 쇼핑몰 앞에 차들이 길게 늘어섰다. 누굴 만날 일이 없다. 걸을 필요가 없고 걷고 싶지도 않은 동네다. 커튼을 열면 크레인이 보인다. 개발 중이라 건물이 계속 올라간다. 4차선 도로 이쪽은 대형 아파트들이 들어선 신도시이고 저쪽은 구도심이다. 4차선 도로는 공간뿐 아니라 시간도 가른다.

유현준 건축가가 쓴《어디서 살 것인가》를 보면 대규모 고층 아파트는 소통을 삼킨다. 로버트 거트만의 연구 결과를 소개하며 1, 2층 저층 주거지 사람들이 고층에 사는 사람보다 친구가 세 배 많고 공동체 소속감을 더 느낀다고 설명했다. 엘리베이터로 층간 이동을 하면 우연한 만남의 여지가 줄고 소통이 단절된다. 자기 공간 하나 마련하려면 등골이 빠져야 하는데 누릴 수 있는 공동체 공간은 줄었다. 골목이 사라졌다. 유현준 건축가는 여기 이곳의 삶을 연병장 막사를 닮은 학교를 졸업해 비슷한 고층 아파트에 살다 비슷한 납골당에 안치되는 것으로 요약했다. 기를 쓰고 살면 그 정도라 하겠다.

건물이나 도로나 너무 크면 정을 붙일 수 없다. 사람 몸의 580배인 학교 건물은 '시설'이 된다. 3차선을 넘는 길은 이쪽과 저쪽을 가른다. 대로가 쭉쭉 뻗은 강남 테헤란로가 아니라 꼬불꼬불한 삼청동 길을 사람들이 산책하는 까닭이다. 인간은 변화를 갈망하도록 프로그램돼 있는데 하늘을 보며 걸을 수 있는 길이 줄어드니 변화의 열망은 쇼핑몰 영화관에서 푼다.

그냥저냥 아는 얼굴, 하나 마나 한 인사말이 주는 안정감이 있다. 혼자 사니 이웃이 친구만큼 절실하다. 서울에서 일산 집으로 돌아오는 지하철은 밤 11시께 가장 붐빈다. 다들 아침에 서울로 갔다 밤에 돌아온다. 꼬박 서서 오다 보면 신영복의 《감옥으로부터의 사색》 한 구절이 떠오른다. 칼잠을 자야 하는 감옥에서 가장 괴로운 계절은 여름이라고, 체온 탓에 사람이 미워지기 때문이라고 썼다. 지하철은 사람을 미워하게 되는 공간이다. 집에 돌아와 철문을 닫으면 몇백 명과 2년을 함께 산 이 아파트에 내 존재를 아는 사람이 없다는 생각에 막막해진다. '무서운' 할머니와 '웬수댕이' 김 과장의 '티키타카' 대화를 들을 시간이다.

이 생에선 마당 있는 집에 살 수 없을 거다. 매달 나오는 관리비만큼 예상 가능한 일이다. 서울 멀리 떠나선 밥 벌어먹고 살길이 막막하고 서울 근처에선 내 몫자리만 한 땅도 사기 어렵다. 다행인지 내가 사는 25년 된 아파트는 복도식이라 문을 열면 우연히 옆집 사람들과 마주칠 확률이 새로 지은 아파트에서보다 높다. 집 앞 편의점에서 과자를 사 오는데 옆옆 집 파마머리 50대 아주머니가 문을 열고 있다. 눈이 마주쳤다. 복도는 길었다. 어색한 공기가 흘렀다. 인사를 해볼까 하다가 이상한 여자같이 보일까 엄두가 나지 않았다. 누가 먼저랄 것 없이 고개를 숙였다 들었다. 아주머니가 살짝 웃어줬다. "안녕하세요."

개처럼 사랑한 적도 없으면서

한 동물 복지 단체에 입양 신청 메일을 썼다. “개를 키워본 적은 없으나 TV 프로그램 〈세상에 나쁜 개는 없다〉 전편을 시청했습니다. 혼자 살지만 프리랜서라 개랑 거의 항상 같이 있어줄 수 있습니다. 개가 아플 때는 병원에 데려갈 수 있을 만큼 통장 잔고는 있습니다.” 무슨 입사 원서도 아닌데, 꽤 부풀려가며 정성을 들였다고 생각했다. 일주일을 기다렸다. 답 메일이 왔다. "서류 검토에서 탈락하셨습니다. 관심 가져주셔서 감사합니다." 문장 뒤에 노란 얼굴 이모티콘이 웃고 있다.

'이제 별걸 다 떨어지는구나.' 슬슬 기분이 상했다. 개 '따위'에게도 퇴짜 맞은 것 같았다. 성질이 나서 친구한테 하소연했다. "이유라도 말해줘야 하는 거 아니야?" "이유가 네 집이 작아서 그렇다, 네가 독거라 그렇다, 그러면 기분이 더 낫겠냐? 싸움만 나지." "면접이라도 한번 봐야 할 거 아니야. 알지도 못하면서." "개 면접 보고 떨어지면 기분 더 나쁘지 않겠냐?" 맞는 말이다.

어린 시절, 스쳐 지나갔던 개들은 모두 처연한 눈빛으로 나를 봤다. 황구 붕붕이는 사촌이 잠깐 맡겨뒀던 개다. 단독주택 이층에 세 들어 살던 때다. 아래층 주인집 여자는 엄마랑 나이가 비슷했다. 그 집엔 텔레비전 드라마에나 나올 것 같은 카펫이 깔려 있었다. 실내 층계로 연결된 위층과 아래층은 다른 세상을 포개놓은 것 같았다. 그 집 물건은 대개 비싸 보였다. 붕붕이는 한동안 잘 지내다가 목욕할 때 귀에 물이 들어간 날 사고를 쳤다. 여기저기 뛰어다니더니 아래층으로 냅다 달려 내려갔다. 곧 주인 여자의 비명이 터졌다. 달려 내려가 보니, 붕붕이는 붕붕이가 똥인지, 똥이 붕붕이인지 모를 정도로 자기 몸만 한 똥을 카펫 위에 싸고는 다소곳이 앉아 있었다. 엄마는 겉으로는 붕붕이를 혼내지만 속으로는 어쩐지 통쾌해 하는 것 같았다. 하여간 붕붕이는 사촌 집으로 돌려보내졌다. 몇 달 뒤, 다세대주택에 세 들어 사는 사촌 집에 가보니 붕붕이가 담과 집 통로 사이에 짧은 끈으로 묶여 있다. 그새 몸집이 자라 통로 사이에 끼었다. 전진과 후진만 할 수 있는 붕붕이는 날 보고 미친 듯 꼬리를 흔들었다. 꼬리 끝이 장구를 치듯 두 벽을 오가며 쳤다. 앞뒤, 앞뒤, 앞뒤 오가면서. 개니까.

시골 할머니 집 근처에서 비를 쫄딱 맞고 다리를 절뚝이던 흰색 개는 이름을 모른다. 한쪽 다리가 부러졌다. 부러진 다리 아래쪽이 휙휙 돌았다. 눈은 흐리멍덩했다. 당장 쓰러질 것 같았다. 초등학생이던 나랑 사촌동생은 개를 안아 집 마당 구석으로 데리고 들어왔다. 신문지 따위를 찾아 처마 밑에 자리를 마련하고 개를 눕혔다. 눈을 감은 개는 헐떡였다. 할머니한테 말했더니 다시 내보내라고 했다. 그 뒤로는 기억이 잘 안 난다. 우리는 저녁을 먹었던 것 같다. 그사이 개는 사라졌다. 어른이 된 뒤로도 문득문득 그 휙휙 돌던 종아리가 떠오른다. 그때 밥을 먹으며 개를 잊은 어린 나도 같이.

〈카레닌의 미소〉. 제목만 봐도 머리가 지끈거리는 소설 《참을 수 없는 존재의 가벼움》의 마지막 장 제목이다. 카레닌은 개다. 작가 밀란 쿤데라는 1968년 체코 '프라하의 봄'을 전후로 인간 토마시, 테레자, 사비나, 프란츠의 사랑 이야기를 한참 풀어내다 마지막 장을 개 카레닌에게 내주었다. 카레닌의 하루는 이렇다. 매일 아침 테레자를 따라 빵집에 간다. 크루아상 한 개를 받아먹는다. 테레자와 함께 소를 치고 집에 돌아와 잔다. 직선의 시간을 사는 인간과 달리 카레닌은 끝없이 순환하는 시간을 산다. '크루아상 따위는 지긋지긋하다고!'라고 하지 않는다. 거울에 비친 자기에게는 관심이 도통 없다. 테레자는 자기 생리혈을 혐오하지만 개 카레닌은 그렇지 않다. 스스로 만든 자아에 갇혀 있지 않고 영혼과 육체를 나누지도 않는, 그저 지극히 친근한 눈빛으로 테레자를 바라보는, 그냥 개다. 소설 《안나 카레니나》에서 이름을 따온 이 개는 이름과 달리 고통 없는 사랑을 한다. 쿤데라는 카레닌이 "에덴동산에서 쫓겨나기 전 아담"이라고 썼다.

개 카레닌과 테레자의 사랑 앞에서 인간들의 사랑은 초라해 보인다. '행진', '음악', '고향' 같은 낱말을 내뱉지만 프란츠와 사비나는 정반대 의미를 떠올린다. 상대에게서 자신이 보고 싶은 것을, 보고 싶은 방식으로 본다. 자신의 결핍을 메워줄 '어떤 것'을 상대 속에서 찾을 수 있을 거라 믿지만 사실 서로 하는 말도 이해하지 못한다. "강물에 띄워 버린 아기"처럼 토마시에게 온 테레자는 '약함'으로 결국 토마시를 길들이고, 토마시는 수많은 여자들 사이를 오가며 테레자에게 상처를 준다. "몰아적인 사랑"은 테레자와 개 카레닌이 한다. 아무것도 바라지 않고, 있는 그대로 수용하며, 누구도 강요하지 않는 사랑이다. 나는 그래서 토마시도 테레자도 프란츠도 사비나도 아닌 '카레닌의 미소'가 이 소설의 마지막 장이라고 생각한다.

개 '따위'를 입양하겠다고 했다가 퇴짜 맞아 기분 나쁘다고? '따위'는 얼마나 쉽게 새끼를 치나. 닭 따위, 소 따위, 개 따위, 너 따위…. '따위'라니. 내가 언제 개같이 사랑해본 적이 있던가?

상실의 하루가
순간에 떠밀려 간다

2년 전 봄, 선운산에 산벚꽃이 희끗희끗 피었다. 연녹색 아우성에 어질어질한 시절이었다. 그 산길을 올랐다. 머리는 떡이 졌다. 계절에 맞지 않는 오리털 잠바를 벗어 질질 끌었다. 왜 떠났을까. 왜 변했을까. 평생이란 약속은 어디로 갔나. 비련을 혼자 짊어진 척하는데 남 보기엔 가요 메들리를 읊고 있다. 허망하고 그립고 밉고, 그래서 바위에 철퍼덕 앉아 울었는데 남 보기엔 추태였지 싶다. 인생이란, 사랑이란, 이런 밑도 끝도 없는 질문을 되돌려 감기하며 제 설움에 매혹돼갈 즈음에, 진달래 흐드러진 산길에서 신호가 왔다. 똥이 마려웠다. 강렬하게.

항문의 아우성에 인생이고 사랑이고 이별이고 싹 들어갔다. 다리를 꼬며 산을 내려왔다. 손바닥에 밴 땀이 차가웠다. 온통 한 생각뿐이었다. 등산객들이 있다. 여기서 똥을 쌀 수는 없다. 조금만 더 가면 화장실이다. 평생 기다리다 만난 연인의 품에 안기듯 변기에 앉았을 때, 강 같은 안도와 평안이 찾아왔다. 긴장했던 근육이 노글노글해지는 몸의 감각만 남았다. 쾌변의 힘은 강했다. 한순간도 떠나지 않고 과거로 회귀하며 고문해대던 생각에 제동이 걸렸다. 잠깐 자유로웠다. 바지를 올리자 또 레퍼토리 시작이다. 왜 떠났나, 왜 변했나.

이번 추석 연휴가 시작될 즈음, 내 친구이자 한때 시아버지였던 한스(83세)가 숨졌다. 한 시간여 동안 이어진 독일식 장례식에서 목사는 참석한 가족과 친구들 60여 명을 울리고야 말겠다고 작정한 것 같았다. 전쟁 난민으로 피난 와서 기차 검표원, 목수, 공장 경리로 일하며 두 아들을 키운 한스의 인생을 훑더니 기어이 추억을 한 올씩 끄집어낸다. 손주들을 보며 "한스가 곰돌이 인형을 직접 만들어줬지?"라고 했다. 여섯 살 막내도 울어젖혔다. 앞니가 빠진 게 보였다. 55년을 같이 산 부인 크리스텔(82세)에게 "충실한 남편이었죠. 같이 집을 지었어요. 노을이 질 때는 둘이 루미큐브 게임을 했죠." 크리스텔이 휴지로 눈을 가렸다. 날 보며 "크리스마스에 과자를 함께 구웠어요. 라틴댄스 스텝을 한스가 가르쳐줬죠." 콧물이 줄줄 났다. 떠난 이의 온기가 가을, 서늘한 교회 안에 찼다. 이 구절을 봉독했다. "모든 것에는 시간이 있지. 태어나는 시간, 죽는 시간, 식물이 피고 지는 시간, 우는 시간, 웃는 시간, 춤의 시간, 다툼의 시간, 사랑의 시간, 미움의 시간…. 그는 이 모든 시간을 잘 치렀습니다. 그의 심장엔 이제 영원이 내려앉았습니다. 시작과 끝, 인간이 정할 수 없는 것, 신이 주관하는 것."

그날 오후, 혈관이 터져 오른쪽 눈이 토끼 눈이 된 크리스텔은 소파에 앉아 있다. 가는귀가 살짝 먼 아흔 한 살 큰언니한테 전화가 왔다. 크리스텔은 집 안이 떠나가라 사촌이 왔다 갔다고 설명했다. 한참 이야기했다. 큰언니가 말했다. "사촌은 왔어?" "아, 언니! 아까 왔다 갔다고 했잖아!" 큰언니는 어리둥절했다. "그랬냐?" 복장 터지느라 크리스텔은 정신이 없었다. 그 순간 만큼은 그를 칭칭 동여맸던 상실

감이 느슨해졌다. 전화를 끊고 눈물은 다시 스콜처럼 왔다 가고, 왔다 갔다. 그 사이사이 크리스텔은 여섯 살 손자가 빠진 이 사이로 혀를 내미는 걸 보고, 마시다 엎지른 콜라를 닦고, 눈에 안약을 넣고, 밥을 먹고, 똥을 쌌다. 순간의 힘에 실려 하루가 또 갔다.

인간이 시작과 끝, 직선으로 이어진 시간을 발명해 다스리려 했다면 신은 영원한 순간들을 선물했는지 모르겠다. "사랑은 집이다. (…) 이제 그의 집은 어디에도 없다."[61] 얀 마텔의《포르투갈의 높은 산》은 집을 잃은 사람들의 기나긴 귀향기다. 3부로 이뤄진 이 소설의 마지막에 주인공 피터 토비는 부인을 잃었다. 캐나다 상원의원인 그의 삶은 바짝 말랐다. 표정은 비었다. 구멍은 채워지지 않는다. 그때 침팬지 오도를 만난다. "진솔하게, 열린 문 같은 눈으로 봐주는"[62] 존재다. 공감과 경외를 불러일으키는 동물이다. 피터는 연구소에 갇혀 있는 오도를 데리고 자기 조상의 고향이지만 한 번도 가본 적이 없는 포르투갈의 높은 산으로 향한다. 시계가 필요 없는 곳이다. 새와 매미, 흙이 새벽과 황혼을 알려준다.

침팬지 오도는 "시간을 호흡하며 현재의 순간을 사는 존재"[63]다. 그곳에서 피터는 오도를 닮아간다. "들이쉬고 내쉬고

들이쉬고 내쉬고, 난 오도 옆에 앉아서 그가 매분, 매시간으로 엮인 담요를 짜는 것을 지켜보지."[64] 오도의 동작은 자연스럽고 정확하다. 순수하게 동작에 몰입할 뿐이다. 과거와 미래에 매몰되지 않는 순간의 바다에 떠서 피터와 오도는 서로 털을 다듬어준다. 피터는 아내를 잊지 못하지만 더 이상 슬픔 주위를 배회하지 않고 그가 아내를 사랑한다는 "단순한 사실에 초점을 맞춘다."[65] 순간의 바다에는 시작도 끝도 없고 그곳으로 피터를 인도한 침팬지 오도는 죽음과 상실의 감옥에서 피터를 구원하는 신이다.

크리스텔의 빨간 눈에서는 눈물이 줄줄 흐른다. 다이어리를 쓰는 중이었다. 매일 먹은 점심 메뉴 그리고 한스와 벌인 루미큐브 게임 승부를 적어놓은 일기장이다. 한스가 살아 있던 어느 날, 점심은 삶은 감자, 치즈 스프레드, 빵이었고 한스가 루미큐브 게임에서 이겼다. 텅 빈 한스의 의자가 크리스텔을 할퀸다.

집이 사라졌다. 한 사람이 떠난 자리, 나는 그 빈터를 하염없이 맴돈다. 상실의 감각이 손톱을 바짝 세운다. 그럴 때면 니나 시몬의 〈에인트 갓 노, 아 갓 라이프Ain't Got No, I Got Life〉를 듣는다. "집 없어. 돈 없어. 치마 없어. 스웨터 없어. 향수 없어. 엄마 없어. 아빠 없어. (…) 뭐가 있지? 머리카락이 있어, 코가 있어. 눈이 있어. 발톱이 있어. 입술이 있어. 간이 있어. 내 자신이 있어. 삶이 있어." 통증은 왔다 가고 왔다 가고 왔다 가고, 산벚꽃은 피고 지고 피고 지고, 우리는 아직 여기 살아 있다. 크리스텔과 내게 그 순간들을 그저 바라볼 수 있는 은총이 내리길. 그 은총 속에서 부디 '부재'가 아니라 '사랑한다'는 단순한 사실에 집중할 수 있기를.

61, 62, 63, 64, 65

얀 마텔 지음, 공경희 옮김,
《포르투갈의 높은 산》,
작가정신, 2017.

사람에겐

제 4 부

무조건적인 환대가 필요하다

여자는
'덜' 인간이란
미세먼지

'건방지다.' 사전을 찾아보니 "잘난 체하거나 남을 낮추어 보듯이 행동하는 데가 있다"라는 뜻이란다. 그런데 진짜 남을 낮추어 보는 재벌 회장한테 '건방지다'라는 말이 붙는 건 못 봤는데 스물일곱 살 신지예 페미니스트 서울시장 후보의 포스터를 보고는 '시건방지다'라고 한다. '건방지다'는 위계를 전제한다. 괄호 안에 '주제넘게'가 있다. 건방진

부하는 있지만 건방진 상사는 없다. '성차별, 성폭력 없는 서울' 같은 '사람은 평등하다' 차원의 공약을 내걸어도 포스터에서 눈을 파고 난리였다.

그것은 미세먼지처럼 도처에 있다. 미세먼지는 경고 메시지라도 뜨는데 이건 그냥 공기다. "여성은 '덜' 인간"이란 미세먼지를 40년 넘게 숨 쉴 때마다 들이마셨다. 내 몸의 일부가 될 때까지 말이다. 맞다. 여성인 내 마음에 일부가 될 때까지.

"후보가 여러 명 나오면 시간 걸리니까, 반장 후보는 남학생들만 하는 걸로~." '국민학교' 5학년 때다. 1~3학년까지 반장 자리를 놓고 여자 편, 남자 편이 치열하게 맞섰는데 판세는 4학년 때부터 돌변했다. 반장은 남자애만 했다. 여자애들도 남자애를 뽑았다. 어차피 남자애가 뽑힐 테니 후보도 남자만 내자고 선생님이 나선 거다. '이건 뭔가 이상하다' 싶었지만 선생님 말에 반항하지 않았다. 아무도 그러지 않았다. 열두 살의 내가 느꼈던 여릿한 모멸감이 아직도 또렷하다.

초등학교 2학년 딸을 둔 친구는 요즘엔 여자 반장, 남자 반장이 따로 있지만 학부모 대표는 의례 남자 반장의 부모란다. 남자애들은 1번부터, 여자애들은 30번부터 번호가 붙는다. 동네 사람들은 딸 앞에서 "남동생이 있으면 좋겠지"라고 말한단다. 친구는 "딸이 자기 존재만으로 뭔가 부족하게 느낄까 봐 걱정된다"고 했다.

"여성은 '덜' 인간"을 내포하는 또는 직접적으로 가리키는 것들은 다 말할 수도 없다. 말에 이미 배어 있다. 어린 시절 넋 놓고 보던 〈토요명화〉, 여자 친구나 아내는 존대를, 남자 친구나 남편은 반말을 썼다. 너무 자연스러워서 이상한 줄도 몰랐다. 지금 번역되는 영화나 소설도 그렇다. 정희진은 책 《페미니즘의 도전》에 이렇게 썼다. "'여성 상위'라는 말은 있지만 '남성 상위'라는 말은 없다. 남성이 연상이거나 상위인 것은 당연하기 때문이다."[66] 현민의 《감옥의 몽상》을 보니, 감옥 안에서도 우월한 것은 '남성'이다. 권력자인 '빵잽이'들은 '형'이라 불리는데, 이 형들은 '동생'들을 '~년아'라 여성화해 '장난으로' 성추행한다. 강준만과 강지원은 책 《빠순이는 무엇을 갈망하는가?》에서 팬덤의 주체가 여성일 때는 '빠순이'라는 딱지를 붙이고 비하한다고 짚었다. 관습적으로 '여성'과 연관검색어인 거의 모든 것은 '열등' 카테고리로 떨어진다.

어린 시절 집에 돌아오면 노동에 찌든 어머니가 있었다. 어머니는 보따리 과외 교사로 생활비를 벌었다. 집안일도 당연히 어머니 몫이었다. 닭다리는 한 번도 어머니 몫인 적이 없다. 한

집만 건너면 아내가 어떻게 남편에게 두들겨 맞았는지 전해들을 수 있었다. 아버지는 우리를 때린 적이 없었지만 그래도 무서웠다. 그건 그의 맘에 달린 문제니까. 맞지 않은 우리는 단지 운이 좋았을 뿐이다.

그런데 어머니가 무심결에 이런 말을 한다. "그 집엔 아들이 없잖아." "여자들이 모이면 시끄럽지." 어머니가 '여자'를 말할 때마다 비릿한 비하의 느낌이 배어 있다. "엄마도 딸만 둘이야"라고 쏘아붙이고 싶다가도 어머니가 화병 걸리지 않고 자신의 삶을 받아들이려면, "여자는 '덜' 인간"인 게 당연하다고, 원래 그런 거라고 수용할 수밖에 없었을 거라고 생각한다.

그리고 무엇보다 나는 어머니를 비판할 자격이 없다. 40년 넘게 '아들'이 되려고 했다. 그게 나를 지키는 방법이라고 믿었다. 관습적으로 '여성 카테고리'에 묶인 것들을 폄하했다. 그건 약한 거니까, 열등한 거니까, 그 카테고리에 묶였다간 '그들'이 날 무시할 수 있으니까. "여자는 '덜' 인간"인 걸 받아들인 셈이니 나는 가부장제의 부역자였다. 성인이라면 해야 할 생존을 위한 밥 짓기, 청소, 빨래 등을 하지 않고 어머니의 노동을 착취한 걸 창피해한 적이 없다. 전업주부를 내심 무시했다. '집안일'은 '바깥일'보다 하찮으니까. 남성이 여성을 억압하는 방식대로, 그 이분법대로 나도 그렇게 했다. 그렇게 내가 여성인 나를 비하했다.

그러면서 미웠다. '여성스러운'이라는 낱말에 꼭 맞는 역할을 수행해 사회적 지위를 확보한 여성들을 '남자에게 잘 보이려는 비굴한 여자'로 분류하고 미워했다. 그런데 그 질투와 미움은 내 마음속에 억눌린 욕망의 크기만큼이었다. 사실 남자가 되려 했던 나나, 사회가 부여한 성역할에 충실했다는 이유로 내가 혐오한 그들이나 똑같은 게임의 룰을 따르고 있었다. 정희진의 《페미니즘의 도전》에서 이 말을 읽었을 때, 비로소 나는 여성이면서 여성을 비하하는 나라는 인간에 대한 혐오, 그리고 거기서 파생된 죄책감에서 조금 벗어날 수 있었다. 나 개인의 문제가 아니었다.

"프란츠 파농이 온몸을 떨면서 간파했듯이, 흑인은 백인의 타자이며 동시에 흑인의 타자다. 여성의 타자 역시 여성이 아니라면, 이미 가부장제 사회가 아닐 것이다."[67]

다행히 내가 제자리걸음만 걷지는 않았다고 말하고 싶다. 2007년 한동안 드라마 〈하얀 거탑〉에 빠져 살았다. 외과의 장준혁 과장이 병원에서 권력을 향한 온갖 이전투구를 벌이다 결국 추락하는 과정이 얼마나 짠하던지. 일본 원작까지 다 봐버렸다. 11년 만에 〈하얀 거탑〉이 '명품드라마'로 재방송되기에 다시 봤다. 기겁했다. 이 드라마에서 주체는 온통 남성뿐이다. 인생은 남자만 산다. 출세를 열망하건, 히포크라테스 정신의 수호자가 되건 오로지 남자들 얘기다. 여성이 맡은 역할은 착한 '응원군'이거나 남자의 출세욕에 군불을 때는 '악녀'다. 보면서 뿌듯했다. 그사이 그래도 이 드라마를 보며 화를 낼 수 있을 정도로는 내 몸에 쌓인 '미세먼지'를 걷어냈구나.

"나는 소중한 존재"라고 아무리 되뇌면 뭐하나, 곧바로 "당신은 존재 자체로 '덜' 인간"이란 메시지가 쏟아져 들어온다. 그러니 나로 살려면, 고민할 수밖에 없다. 어떻게 하면 위계에서 탈주할 수 있을까? '남자' 되기를 그만두고, 정희진이 말한 "선택지 밖에서 선택하기"는 어떻게 하는 걸까? 어떻게 하면 여성으로서의 나를, 내 욕망을, 죄책감 없이, 열등감 없이, 온전히 안을 수 있을까? 어떻게 우리는 그 어떤 존재에게도 '건방지다'라고 말하지 않고 서로 만날 수 있을까?

66, 67

정희진 지음,
《페미니즘의 도전》,
교양인, 2013.

아무 말
하지 못한 나를
용서하지 못해

오래 그런 줄 알았다. '나는 성폭력이나 성차별을 경험한 적이 없지.' 나 자신도 속여 왔다는 걸 안희정 전 충남도지사 1심 판결을 보고 알았다. 아예 기억을 도려내 버리고 싶었는지도 모른다.

대학을 막 졸업하고 몇 달, 지금은 사라진 환경단체에서 일했다. 40대 대표는 커피를 물처럼 마셨다. 손님도 많았다. 대표는 지구를 살리고 나는 그가 더 또렷한 정신으로 일할 수 있도록 커피를 탔다. 군소리 없이 생글생글 웃기도 잘했다. 대표는 칭찬을 많이 해줬다. 그럴수록 더 입맛에 맞는 커피로 기대에 부응해야 할 것 같았다. 칭찬이 비난보다 더 지독한 통제의 수단이 될 수 있다는 걸 그때는 몰랐다.

회식 날, 대표, 사무처장, 남자 직원과 나 넷이 춤을 추러 갔다. 콜라텍 같은 분위기였다. 술은 이미 몇 순배 돌았다. 어쩌다보니 대표랑 나랑 블루스를 추고 있다. 대표 손이 내 등을 더듬더니 브래지어 끈을 만지작거렸다. 나는 노래가 끝날 때까지 꿈쩍할 수 없었다. 테이블로 돌아오는 길에 그는 이렇게 말했다. "이게 아주 바들바들 떠네." 자리에 앉아 나는 평상시 모습 그대로 똑같이 개그 치고 안주를 먹었다. 그 다음날 출근해 커피를 탔다. 그리고 지금까지 20년 동안 누구에게도 이 이야기를 하지 않았다. 나 자신에게도 언급하지 않았다. 자괴감을 피하고 싶었던 거 같다. 하지만 여전히 "이게"라는 그 한 글자 한 글자, 그때 그 목소리까지 오늘처럼 기억한다. 그날 나는 사람이 아니라 '이것'이었다.

친구는 대기업에 다녔다. 그날은 친구 회사가 큰 계약을 마무리한 날이었다. 뒤풀이 장소엔 친구 회사와 상대 회사에서

각각 다섯 명씩만 참석했다. 사장, 부사장, 팀장, 그리고 4년차 대리였던 친구였다. 팀장은 당일 친구에게 통보했다. "저쪽에서도 여사원 나온다니 회식에 참석하라."

뒤풀이 장소는 고급 일식집이었다. 연대니 고대니 동문이니 어쩌니 술이 돌았다. 얼굴이 불콰해진 사장이 친구한테 저쪽 회사 사장 옆에 앉으라고 했다. 대리 따위와는 그 전에 말도 섞은 적 없는 '사장님'이었다. 어느 참에 그쪽 회사 여사원은 친구 회사 사장 옆에 '앉혀져 있었다.' 친구는 그렇게 했다. 러브샷을 하자고 누군가 분위기를 띄웠다. 상대 회사 사장은 한쪽 팔을 친구 목 뒤로 돌려 포옹하는 자세를 취했다. 친구도 그렇게 했다. 술을 마시는 동안 그 사장의 손이 블라우스 속으로 들어왔다. 친구는 꼼짝하지 못했다. 상대 회사 여사원이 나섰다. "저랑 자리 바꿔요." 그때까지 그 사장의 손은 블라우스 속에 있었다. 친구는 제자리로 돌아왔다. "그때 우리 팀장은 개다리춤을 추고 있었지. 그 춤을 평생 못 잊을 거야."

2차로 자리를 옮기는 와중에 친구에게 택시 타고 집에 가라고 귀띔한 사람은 상대 회사 여사원이었다. 친구는 그날 밤새 울고 고민하다 다음날 아버지에게 말했다. 아버지는 "사회생활하다 보면 있을 수 있는 일"이라고 했다. "그 말이 절망스

럽더라고. 문제 제기를 한다면 어땠을까? 그 손이 내 옷 속에 들어가는 걸 본 사람이 있을까? 봤다고 누가 증언해줄까? 왜 러브샷을 했냐고, 너도 좋아서 한 거 아니냐고 하지 않을까? 내가 너무 사소한 일로 분란을 일으키는 건 아닐까? 성폭행 당한 것도 아닌데 이런 일로 문제를 일으켜도 될까?" 그 콜라텍에서 나도 비슷한 생각을 했던 것 같다. '브래지어 끈 만진 것뿐인데, 이런 일로 정색하면 관계가 어색해질 텐데, 나한테 잘 해주는 대표인데, 원래는 좋은 사람인데.'

그 '사소한 일'에 아무 말도 하지 못했던 나를 20년 동안 용서하지 못했다. 우리가 스스로 했던 그 생각들은 누구의 목소리였을까? 왜 '그들'의 언어를 기준으로 자신을 의심했을까? '네 감정이 정말 '객관적'으로 발언해도 될 만한 것일까?' 그 '객관'의 언어는 누가 정하는 걸까? 왜 익숙한 폭력은 응당 견뎌야만 하는 폭력으로 여겨질까? 위력의 행사? 피해자인 내가 가해자인 그를 스스로 변호할 정도로, 피해자인 내 친구가 가해자 앞에서 입도 뻥끗할 수 없었을 정도로, 자신이 인간이 아닌 살덩어리로 다뤄지는 모멸을 느끼면서도 '사소하다'고 생각할 정도로, 그렇게 스스로 기만하고 자괴감을 짊어질 정도로, 우리는 위력이 행사되는 공간에 산다. 왜 어떤 말은 더 믿기 쉬운가? 익숙한 것은 더 믿기 쉽다. 익숙한 것 뒤에는 침묵당한 목소리가 있다.

안희정 전 충남도지사 1심 판결을 보니, 재판부는 피해자에게 "왜 새벽에 담배를 사다 문고리에 걸어 두지 않고 방 안으로 들어갔는지" 묻는다. 왜 더 적극적으로 저항하지 않았는지 묻는다. 이 모순을 어떻게 이해해야 할까? 피해자가 새벽에 담배 심부름을 거부할 수 있었다면, 문고리에 걸어두고 "가져가시라" 문자를 보낼 수 있었다면, 싫은 걸 싫다고 말할 수 있었다면, "위력이 행사"되는 관계가 아니라는 증거일 수 있겠다. 위력을 행사하는 사람은 굳이 협박할 필요가 없다. 재판부는 안희정 전 충남도지사가 위력은 있지만 평상시에 위력을 행사하지는 않았다고 판단했는데, 새벽에 담배, 맥주 심부름까지 문자로, 그것도 한 단어로 시키고 상대는 바로 대령하는 상황이 위력의 행사가 아니라면 애정의 행사로 보이는가? 어떻게 해야 위력을 행사하는 것일까? 왜 위력에 이토록 관대할까? '당연히' 하는 일이기에 위력의 행사가 아닌 게 아니라, 위력의 '당연한' 행사 아닌가.

1심 판결 며칠 뒤 '헌법 앞 성평등'이 주최하는 '그들만의 헌법' 집회에 갔다. 환장하게 덥던 여름이 언제인가 싶게 초가을 바람이 불었다. "가해자는 감옥으로 피해자는 일상으로." 시위대엔 남자도 여자도 있었다. 나는 시위대 사이에 끼지 못하고 1m쯤 떨어진 계단에 웅크리고 앉아 구호를 기어들어가는 목소리로 따라했다. 그들의 당당함이 눈부셨다. '피해자 '따위'는 아니야'라고 나를 속였던 내가 부끄러웠다.

자괴감은 이제 그만 됐다. 어쩌면 상처받은 사람은 축복받은 자이다. 상처는 새로운 시각을, 타인을 향한 문을 열어준다. "반대로 억압받는 자의 시각에서 기존 사회를 보면, 이들의 타자성은 새로운 사회에 대한 상상력과 지성을 가능하게 하는 자원이 된다."[68] 또 "사람들은 모두 편견의 피해자인 동시에 가해자다. 우리는 우리 자신에 대한 편견을 이해함으로써 다른 사람에게 어떻게 반응할지 알게 된다."[69] 그 노을에 반짝이는 상처와 분노를 보고 있자니, "이제 여자들이랑은 같이 일 못 하겠네"라고 말하는 사람이, 일을 할 수 없는 세상이 올 것 같다.

68

정희진 지음,
《페미니즘의 도전》,
교양인, 2013.

69

앤드류 솔로몬 지음, 고기탁 옮김,
《부모와 다른 아이들》,
열린책들, 2015.

Roma에서 Amor로.
신은 가장 낮은 곳에

'걸레와 개'가 붙으면 왜 욕이 될까? 온전히 자신을 내놓는 것들엔 왜 비하의 뜻이 들러붙을까?

영화 〈로마〉의 첫 장면은 바닥이다. 물청소 중이다. 격자 타일 위로 거품 이는 구정물이 파도처럼 쓸려온다. 표면에 하늘이 비친다. 그 위로 비행기가 날아간다. 알폰소 쿠아론 감독의 〈로마〉에선 그렇게 바닥이 하늘이다. 이 집 하녀인 클로에가 개

똥을 치운다. 빨래하고 밥하고 주인집 아이들을 학교에서 데려온다. "잘 자라 우리 아가, 천사들과 함께 푹 자렴. 사랑해." 주인집 백인 아이들을 재울 때 인디오인 그는 미스텍어(멕시코의 아메리칸 인디언 언어)로 노래한다. 말없이, 종종걸음 치는 그가 등장하면 새소리를 들을 수 있다.

멕시코 한 동네 이름인 'Roma'는 순서대로 읽으면 제국의 이름과 같고 거꾸로 읽어야 사랑이다. 제국과 사랑의 대립쌍은 남자/여자, 폭력/생명, 위계/연대로 이어진다. 이 집 백인 '가장' 안토니오의 얼굴은 잘 알 수 없다. 그는 경적을 울려대며 등장한다. 위압적인 차가 화면을 가득 채운다. 헤드라이트 사이엔 '왕관' 마크가 있다. 그가 화를 내면 화는 위계 사다리를 타고 내려간다. "집 안 꼴이 엉망이야. 개똥이 여기저기." 남편이 짜증내자 부인 소피아는 클로에에게 버럭한다. "개똥 치우라고 했잖아!" 이 집 개가 똥을 많이 싸기는 한다. '가장' 안토니오는 바람나 가출한다. 아이가 넷인데 생활비를 안 보내고 다이빙 장비를 사댄다. 클로에는 소피아를 돌봐주지만 그녀가 클로에에게 "고맙다"고 말하는 것은 한참 후, 홀로 남겨졌을 때다. 같은 상처를 통과한 뒤에 둘은 수평선에 선다.

클로에의 인디오 남자 친구 페리오는 계급으로 치면 안토니오와 반대 지점에 서 있다. 이 남자는 빈민가에서 태어났다. 안토니오는 얼굴도 잘 나오지 않지만 페리오는 알몸으로 등장한다. 발가벗고 봉을 휘두른다. 안토니오는 의사이고, 가진 건 몸뿐인 페리오는 무술 수련 중이다. 그런데 이 둘은 닮았다. 페리오는 영화관에서 클로에가 임신했다고 하자 영화가 끝나기도 전에 줄행랑을 친다. 그가 쌓은 '무술 수련'의 결과를 두 번 볼 수 있다. 임신한 클로에가 찾아가자 봉을 휘두르며 "미친 하녀"라고 쫓아버릴 때, 독재 정권에 맞선 시위 학생들을 쫓을 때다. 그의 손에는 총이 들렸고, 클로에의 손은 만삭인 배를 감싸고 있다.

바다로, 수영을 못 하는 클로에가 한 걸음씩 들어간다. 주인집 아이들을 구하러 그녀는 더 멀리 나아간다. 파도가 그녀를 머리까지 삼켰다 뱉는다. 클로에와 아이들이 모래사장에 털썩 주저앉아 서로 껴안자 성화가 완성된다. 하녀 클로에는 하녀가 아니다. 그녀는 스스로 자신을 정의했다. 클로에는 옥상으로 향하는 층계를 오른다. 승천한다. 빨랫감을 들고.

중심과 주변, 주체와 타자로 세상을 가르고 그 사이에 위계를 세우는 '질서'는 안정적인 폭력인지도 모른다. 알폰소 쿠아론 감독이 묘사한 치졸한 곳은 배제가 없으면 성립할 수 없는 남성 중심적인 세계 '로마'다. '로마'를 뒤집는 클로에가 아이들을 구해 나와 주저앉았을 때는 황혼, 낮과 밤의 이분법이 사라진 시간이다. 서로 기대 모여 앉은 그 모습이 성스러운 건 황혼 때문이기도 하다.

얼마나 많이 증오하며 닮아가나. 상대의 우월한 힘을 인정하지 않는 증오는 없다. 약한 상대는 혐오하지 증오하지 않는다. 그래서 페리오가 안토니오를 닮듯, 강한 적을 이기려고 적의 방식을 '복사, 붙이기'한다. 그 밖으로, 한 번도 가보지 않은 곳으로 뛰쳐나갈 수는 없을까? 《스스로 해일이 된 여자들 : 페미몬스터즈에서 믿는페미까지-우리는 어떻게 만나고 싸우고 살아남았는가》는 2016년 강남역 여성 살해 사건을 계기로 뭉친 10개 그룹 페미니스트들의 목소리를 담은 인터뷰집이다. 이들은 목표뿐 아니라 방식도 다르다. "해일이 오는데 조개껍데기나 줍고 있다"는 비아냥을 뒤집어, '해일'과 '조개껍데기' 사이 위계가 없는 세계를, 위계가 없는 방식으로 꿈꾼다. 겨드랑이 털을 맘껏 자랑해보자고 '겨털대회'를 연 '불꽃페미액션'의 집행부는 '우즈' 땔감이라고 불린다. 10개 그룹엔 대표도 조직도 없다. 일단 모여 각자 아이디어를 내고 의견을 모은 뒤, 하고 싶은 사람이 한다. 갈등은 수시로 튀어 오른다. 굴러갈까 걱정이다.

그런데도 비효율적인 소통의 수고를 효율적인 힘의 질서로 대체하지 않는다. "아무리 인간적으로 좋은 사람이라 하더라도 인정투쟁이 시작되면 막을 수 없더라고요. 그래서 관계로 해결하는 게 아니라 인정투쟁의 장이 만들어지지 않는 구조를 만들기로 했어요."[70]

내가 속할 수 있는 곳이 어디에도 없다고 느껴질 때마다, 발이 허공에 붕붕 뜰 때마다 엄마는 생선을 구웠다. 그날은 아침부터 집 안 가득 조기 냄새가 찼다. 엄마는 홍어를 넣어 된장국을 끓이고 고사리나물을 무쳤다. 눈뜬 지 얼마 되지도 않았는데 내 앞에 고봉밥이 놓였다. "아침부터 어떻게 다 먹으라고!" 꾸역꾸역 밥숟가락을 입에 넣었다. 그날, 지하철역까지 따라나온 엄마의 뒷모습을 봤다. 일흔 살인 엄마는 작았다. 그 작은 여자를 위해서라도 살겠다고, 어떻게든 살아보겠다고 다짐했다. 나를 살린 건 약자들의 노동이었는데 내 노동은 '안토니오'를 향한 인정투쟁이었다. 자기를 넘어선 사랑에 헌신하지 않으면 어떤 의미에도 다가갈 수 없는지 모른다.

어슐러 르귄의 판타지 소설 《보이스》는 맹숭맹숭하다. '알드' 점령에 맞서는 '안술' 사람들 이야기인데 한바탕 후련한 전투가 없다. 소녀 메메르의 목소리를 빌려서 작가는 이렇게 말한다.

“나는 언제나 왜 시인들이 이야기 속에 가사와 요리를 넣지 않는지 의아했다. 모든 위대한 전쟁과 전투는 결국 그걸 위한 게 아닌가? (…) 영웅들은 산에서 도시로 돌아갔을 때 잔치로 환영받았다. 나는 도대체 그 잔치 음식이 무엇이었으며 여자들이 어떻게 그런 일을 해낼 수 있었는지 알고 싶었다.”[71]

영화 〈로마〉와 소설 《보이스》는 쓰이지 않은 이야기를 쓴다. 클로에를 보면, 신은 가장 낮은 곳, 걸레와 개똥 속에 있다.

70
김보영·김보화 지음, 《스스로 해일이 된 여자들》, 서해문집, 2019.

71
어슐러 K. 르귄 지음, 이수현 옮김, 《보이스》, 시공사, 2009.

지옥에서도
배움이 있었다

경이를 느끼는 순간들이 있다. 충남 인지면 모월리, 바짝 마른 밭 위로 칼바람이 불 때였다. "여기서 서울시장 주례로 결혼해본 사람 있어요? 내가 했잖아." 스무 살에 이곳 서산개척단으로 끌려온 정영철(77세) 씨가 우스개를 했다. 눈가에 주름 고랑이 패였다. 우리는 그와 함께 웃고 말았다.

비명이 묻혀 있는 곳에서 우린 다 같이 웃어버렸다. 전쟁고아인 그가 끌려오자마자 "인간 재생창"이라 쓰인 몽둥이로 두들겨 맞고, 배고픔에 뱀과 쥐를 잡아먹고, 친구가 맞아죽는 걸 보고…. 그렇게 일궜으나 결국 빼앗겨버린 땅에서였다. 그곳에서 당한 '강제결혼' 이야기를 하는 중이었다. 1964년 정권 홍보용으로 〈대한뉴스〉까지 탄 서산개척단 350쌍 합동 결혼식이 끝나고 난생처음 보는 남자랑 살게 된 여자는 내내 울었다. 여자를 탈출시키고 그는 이곳에 남았다. 그때 기억 때문에 그는 여전히 울면서도 지금 우리를 웃기려고 한다. 그 유머는 어디서 나오나? 어떤 정신은 사람을 삼켜버리고도 남을 기억 속에서도 자신을 기어코 건져 올린다. 그리고 기억을 몇 발짝 물러나 바라본다. 유머는 자기와 '객관적' 거리 두기에서 나온다. 그 '거리'가 사람을 진짜 어른으로 만든다.

루이스 세풀베다의 자전적 소설 《파타고니아 특급 열차》는 웃기다. 그 첫 장이 작가가 경험한 "칠레에서 가장 비참하다는 곳"이자 "가학적인 인간들의 국제 회의장"인 테무코 교도소를 그리는데도 그렇다. 피노체트 독재 정권에 맞선 사회주의자 세풀베다는 2년 6개월을 그곳에서 보냈다. 하루는 45구경 권총, 탄창, 지휘자용 양날 칼, 수류탄 두 발 등을 제복에 달아 마치

"크리스마스트리"처럼 보이는 군인이 그를 부른다. 그리고 자기 시를 봐달라고 한다. 세풀베다는 고민에 빠진다. 순 표절인데 그대로 말했다간 죽을지도 모른다. 군인 앞에 다시 선 날, 그는 "글씨 하난 정말 예쁘더군, 하지만 그 예쁜 글이 당신 것이 아니라는 사실은 잘 알고 있겠지요?"[72]라고 말해버린다. 발톱이 뽑히고, 가로세로 150센티미터 작은 방에 갇혀 3주를 보내며, 그는 이렇게 맹세하고 또 맹세했다고 썼다. "죽는 한이 있더라도 문학 비평만큼은 절대 하지 않기로."[73] 그 문장을 읽었을 때처럼, 대체 그 힘은 어디서 나오는지 몰라, 칼바람 부는 모월리 밭에서 씽끗 웃는 정영철 씨가 나는 경이로웠다.

김정수(70세) 씨는 서산개척단원 중에서 젊은 축이다. 1963년 9월 28일, 열다섯 살에 서울 아세아극장 앞에서 구두닦이를 하다 끌려왔다. 그는 그 나이에 "22명이 맞아 죽는 걸 봤다"고 말했다. 키가 작고 말라서 할당량을 채우지 못하는 날이 많았다. 밥을 안 줬다. 그곳에서 그는 기록을 남겼다. 뒷간에서 쓰라고 하루에 네 장씩 준 종이를 밥풀로 붙였다. 이 기록은 남아 있지 않다. 들통나면 또 잡혀갈지 모른다고 가족이 걱정해 태웠다. "못 배운 게 한"인 그는 대학 노트를 사서 이후 삶을 또 기록했다. 42권이다.

"참 기가 막힌 삶인데 거기서 살아나온 거 보면 나도 참 대단한 놈이에요. 나는 그때 일을 생각하면 두려운 게 없어요. 어떤 일도 할 자신 있어요. 일단 나를 3일만 써보라고 해요. (서산개척단을) 창피해하는 사람들도 있는데 저는 자식들도 다 여기 데려왔어요. 내가 이렇게 살아남았다고. 지옥에서도 배움이 있었다고." 명절이 되면 그는 홍삼엑기스며 막걸리며 사들고 모월리로 온다. 남아 있는 서산개척단 11명은 그에게 "나를 감싸줬던 사람들"이고 여전히 "마음 아픈 형님, 누님들"이다.

"내 가슴에 숨 쉬는 생명력은 그러한 것들로 위축될 만큼 연약하지 않았다. 생명의 의욕!"[74] '박열의 아내'라는 수식어가 불필요한 아나키스트 가네코 후미코는 옥중 수기 《나는 나》에 "불행은 태어나면서부터 시작됐다"[75]고 썼다. 아버지는 천하의 난봉꾼, 이모와 바람이 나 집을 나간다. 명문가 출신이라고 거들먹거리면서 제 자식은 호적에 올려주지도 않는다. 홀로 설 수 없었던 어머니는 어린 가네코를 유곽에 팔아넘기려고도 했다. 무적자인 탓에 정식 학교에도 다니지 못한다. 조선에 살던 할머니가 양딸이랍시고 데려가는데 노비나 다름없다. 젓가락만 부러져도 굶기고 때린다. 조선인 이웃이 불쌍하다며 밥을 주려 해도 무서워 받아먹을 수가 없다. '아랫것'들과 어울려 가문의 이름을 더럽힌다며 할머니가 때리는 탓이다. 친구와 말을 섞으면, 머리빗이 부러지면, 맞았다. 학대를 견디지 못해 치마에 돌을 싸고 물에 빠져 죽으려다 아이는 이렇게 생각한다. "세상에는 아직 사랑해야 할 것들이 무수하게 남아 있다. 아름다운 것들이 너무 많다."[76]

7년 '노비' 생활을 마치고 일본에 돌아와서도 배가 고프다. 비누 행상, 식모, 신문팔이를 해도 공부할 수 있을 만큼 돈을 모을 수가 없다. 세상은 왜 그녀에게 이토록 모질까? 그런데 그녀는 자기 고통을 바탕 삼아 길거리 개에게도 공감한다. 어떤 권위나 권력으로부터도 자유로운 그 자신으로 끝까지 살다 스물세 살에 감옥에서 숨졌다. "지금 나는 모든 과거에 감사한다. (…) 내가 유복한 가정에서 태어나지 않고, 가는 곳마다 학대받은 내 운명에 감사한다. 왜냐하면 만약 내가 부족함을 모르고 자랐다면 아마 나는 내가 그토록 혐오하고 경멸하는 사람들의 생각과 성격, 생활을 그대로 받아들여 결국에는 나 자신을 발견하지 못했을 것이기 때문이다. 하지만 운명적으로 불운한 탓에 나는 나 자신을 발견할 수 있었다."[77]

무엇을 경험하건 생명력으로 바꿔버리는 이들을 보면, 신형철 문학평론가가 《슬픔을 공부하는 슬픔》에서 말한 "그 누구

와도 같지 않을, 그 무엇에도 무너지지 않을, 그런 내면을 소유하고 있는 자의 힘. 비참해질수록 더 눈부셔지는 역설적인 그 힘"[78]을 느낀다. 내가 입기는 거추장스럽고 버리기는 아까운 헌옷 취급하는 삶을 끝까지 자기 것으로 살아내는 사람들의 힘이 어디서 나오는지 알 수 없고, 그에 알맞은 낱말을 찾을 수 없다. 경이로울 뿐.

72, 73

루이스 세풀베다 지음, 정창 옮김,
《파타고니아 특급 열차》,
열린책들, 2003.

74, 75, 76, 77

가네코 후미코 지음, 조정민 옮김,
《나는 나》,
산지니, 2018.

78

신형철 지음,
《슬픔을 공부하는 슬픔》
한겨레출판, 2018.

왜 우리만 이해해야 하나

2018년 수능 국어 영역 31번, '괴물' 문제를 풀어봤다. 지문을 작심하고 읽었다. "〈보기〉를 참고할 때, [A]에 대한 이해로 적절하지 않은 것은?" 〈보기〉는 "구는 무한히 작은 부피 요소들로 이루어져 있다"로 시작한다. 부피 요소? "부피 요소는 그것의 부피와 밀도를 곱한 값을 질량으로 갖는 질점으로 볼 수 있다." 질점? 설명이 있다. "크기가 없고 질량이 모여 있다고 보는 이론상의 물체." 크기가 없는데 어떻게 부피가 있지? 무슨 말인지 모르겠다. 시간 없다. 넘어가자. 두 번째 문장은 '~이루고'로 이어져 '이룬다'로 끝난다. 문장을 끊어 쉽게 풀어 써주면 안 되는 걸까. 읽는 사람이 지루하지 않도록 동사를 바꿔주지도 않는다. 이 〈보기〉를 읽고 다섯 개 예시 가운데 틀린 걸 골라야 한다. 1번 예시, "밀도가 균질한 하나의 행성을 구성하는 동심의 구 껍질들~." 그렇지 않아도 헷갈리는데 겹으로 꾸미는 문장이다.

문제를 보면 〈보기〉는 [A]를 이해하기 위한 징검다리여야 할 것 같은데 미로다. [A]에게 다가가는 험난한 길이다. 〈보기〉는 '참고' 글로 실패했다. 이 문제를 푸는, 가장 효과적인 방법은 〈보기〉를 읽지 않고 물리 공식을 떠올리는 거다. '언어의 한계' 체험용이었다면 탁월한 출제였다고 하겠다. 질문은 이렇게 바뀌어야 하지 않을까? '다음 중 이 〈보기〉에 대한 이해로 적절한 것은?' 예시 하나가 추가되어야 하지 않을까. 6번 '〈보기〉를 이렇게 쓰면 안 된다.' 왜 개떡같이 쓴 글이라도 찰떡같이 알아듣는 것이 학생의 책임이고 능력인가? 왜 이해할 책임만 있고, 이해될 책임은 없나? 이해의 책임은 상대적 '약자'가 져야 하나?

학생이 하는 교수평가 따위는 없던 90년대, 한 강의실, 뿔테 안경을 쓴 교수가 들어왔다. 나달나달 노랗게 바랜 노트를 들고 있다. 한 시간 동안 교수는 허공의 한 지점을 바라보며 중얼거렸다. 나는 수업 시간 내내 허공의 그 지점이 궁금했다. 이건 무슨 수업일까? 명상의 시간일까? 명상을 했다면 차라리 마음의 평화를 얻었을지 모른다. 왜 그는 우리가 좀 더 이해할 수 있도록 단 한 가지 노력도 하지 않는데 우리는 이해해야만 하는 걸까? 이해하지 못한 벌은 왜 저질 성적으로 내가 받아야 할까? 졸음 탓에 뚝뚝 떨어지는 고개를 가누며 속을 끓였다.

'이해'의 책임은 빗물처럼 공평하게 떨어지지 않는다. 독일인과 결혼해 독일에서 살던 시절, 한 부활절에 식구들이 다 모였다. 식탁에 색칠한 달걀이며 초콜릿이 올망졸망 늘어섰다. 따뜻한 가족 모임이다. 잡채를 했는데 면발이 우동이 됐다. 원래 그런 요린 줄 알아서 다행이었다. 시동생이 물었다. "이 면발은 뭐로 만든 거야?" 나는 민간 외교사절로서 정확한 정보를 주려고 벌떡 일어나 휴대전화를 찾았다. 시동생이 말했다. "독일에서는 식사하다 그렇게 혼자 갑자기 일어나는 거 아니야." 나는 바로 자리에 앉았다. 그가 나를 무시해서 한 소리냐면 천만의 말씀이다. 가르쳐주려던 거다. 그런데 그날의 기억은 여전히 옅은 모멸의 색깔을 띠고 있다. 나는 항상 그들의 규칙을 배우고 이해해야 하는 어린아이 같았다. 그들이 날 이해해야 할 필요는 없었다. 동화될 책임은 외국인에게 있다. 한국이라면 달랐을까? 며느리는 몇 살을 먹었건 숫제 며늘'아기'가 된다. 새로 태어나 다시 배워야 하는 존재로 결혼하지 않은 시동생을 도련님이라 부른다.

"내년 사업계획은 언제 짤 거 같아?" 회사에 다니는 친구가 물었다. "그 전해 연말에 짜겠지." "아니야. 내년 내내 짜." 목표치 설정은 일종의 줄타기다. 최대한 머리를 굴려 달성할 수 있을 정도로 낮게, 의욕이 충만해 보일 정도로 높게 잡는다. CEO의 뜻에 따라 수정을 하고 나면 벌써 1, 2월이 간다. 목표치와 실적 사이에는 큰 골이 생긴다. 이걸 메우려고 조정하다 보면 어느새 CEO의 뜻이 바뀌어 있다. 예전엔 왜 다른 말을 했냐고 따질 수는 없다. 그 취지를 받잡고 목표치 수정에 수정을 더하며 계획을 짜다 보면 그다음 해가 와 있다. 왜 1년 내내 계획을 짜고 있는지 이해할 수 없지만 그래도 이해해야 한다. "KPI(핵심성과지표)를 좀 더 정교하게 짜봐." 왜 정교해야 하는지, 여기서 '정교'란 무엇을 말하는지 알 수 없다. 일단 최선을 다해 상사가 말하는 '정교'의 의미를 헤아려본다. 여기저기 소수점 둘째 자리까지 '정교한' 가중치를 둔다. 너무나 정교한 나머지 이

KPI가 대체 뭘 재려는 건지 알 수가 없다. 중요한 것은, '상사가 보시기에 좋았더라'다.

박찬욱 감독의 영화 〈복수는 나의 것〉엔 이런 명대사가 나온다. "너 착한 놈인 거 안다. 그러니까 내가 너 죽이는 거 이해하지?" 어떤 이는 심기 불편한 눈빛만 보여도 상대가 그 뜻을 헤아려 움직이지만 '약자'가 이해받으려면 광화문 아스팔트길에서 오체투지를 하고, 휠체어 리프트를 타다 죽고, 75미터 높이의 굴뚝에서 2년간 고공농성을 벌여야 한다. 그렇게 해도 그 목소리는 잘 들리지 않는다. 수능 국어 영역 31번 문제에 어쩌면 깊은 뜻이 있는지도 모른다. 아이들이 반드시 배워야 하는 것, '이해의 불평등'을 이해하도록 돕기 위한 문제였던 거다.

대한민국,
모욕의 전투장

"이 양반이!" 한 시간째 기다리는 중이었다. 10여 년 전엔 미국에 관광만 가려 해도 대사관에서 비자용 인터뷰를 해야 했다. 기다리는 줄이 미국 대사관 담을 둘렀다. 온갖 서류를 다 제출하고 약속을 잡아도 그랬다. 학다리로 서서 한쪽 발로 종아리를 찼다. 사람들 얼굴에 짜증이 올라왔다. 한 아저씨가 잠깐 자리를 비웠다 돌아왔나 보다. 끼어

들려다 뒤에 선 아저씨의 심기를 건드렸다. 모든 논쟁을 빨아들이는 블랙홀, "너 몇 살이냐"까지 갔다. 멱살잡이 포즈를 몇 번 취한 뒤 끼어든 아저씨가 몸통 반쪽을 줄에 밀어 넣었다. 쌍욕을 나누고 싸움은 흐지부지 끝났다.

주야장천 기다렸는데 인터뷰는 5분도 안 돼 끝났다. 유리창을 사이에 두고 영사가 앞에 앉았다. 불법체류를 할지 말지 관상이라도 볼 줄 아는 걸까? 애초에 왜 줄을 섰어야 했나? 두 아저씨 성질이 더러워 드잡이까지 벌인 걸까? 아니면 그 줄을 섰던 모두가 제도에 모욕당하고 서로에게 화풀이를 해댔던 걸까? 관광 비자 인터뷰가 없어지자 미국 대사관 옆에 늘어섰던 줄도 사라졌다.

'그때 그렇게 말해줄걸.' 다 지난 일에 손톱을 바짝 세운다. 사소한 기억인데 떨어지지 않는다. 옛 직장에 주차장이 없어 옆 아파트에 몰래 차를 댔다. 옆구리에 긴 상처가 난 늙은 소 같은 차다. 야근에, 회식에 며칠을 잊고 있다 가보니 자동차 바퀴를 사슬로 감아뒀다. 입주민 대표가 사과를 받으러 나왔다. 보기만 해도 기가 죽는다. 위아래로 나를 훑는 눈길이 느껴졌다. "차에 붙은 거 보니까, ○○동 살던데…." 그 순간 내 마음속 풍경이 '불법 주차 가해자'에서 '거주지 차별 피해자'로 바뀌었다.

'동네는 왜 물어. 자기보다 없이 산다고 얕보나. 대치동, 신사동, 이런 데 딱지가 붙어 있으면 이 사람이 날 이렇게 대할까?' 자가발전 중이다. 내 마음속에 거주지에 따른 순위가 자리잡고 있고 그에 따라 입주민 대표의 반응을 내 맘대로 해석했다고 인정한다. 그러니 이 모멸감의 책임은 내가 져야 할 거다. 내 꼬라지가 그렇다. 그런데 정말, 이 모멸감의 책임은 내게만 있나? 내가 어디 주민이건 입주자 대표의 반응이 같았을까? 나는 그걸 믿을 수 없다.

일상이 신분의 전쟁터 같을 때가 있다. 사소하고 짧은 순간에 신분의 증표를 꺼내들어 권력 관계를 확인한다. 모욕은 그 수단이다. 회사에선 '참조(CC)'에도 정치가 있다. "이게 예의가 없는 거야?" 친구가 울먹였다. 학교 후배가 타 부서 상관이 됐다. 업무 당사자가 아니기에 참조로 메일을 보냈다가 한 소리 들었다. 직접 보고하지 않았다고 자기를 무시하느냐고 성질을 부렸단다. 응당 받을 대우를 받지 못했다는 거다. 누가 누구를 모욕하고 있나. '모욕의 전투장'에서 확인하고 싶은 것은 권력의 순위다.

언제 어떻게 모멸감의 화살이 날아올지 몰라 불안한 사람이 자존감이라고는 통장 잔고만큼 부족한 나만은 아니다. 《무례한 사람에게 웃으며 대처하는 법》,《신경 끄기의 기술》,《나는 나로 살기로 했다》 등 잘나간 책들의 제목만 봐도 그렇다. 모욕에 맞서는 실전 기술을 쌓거나, 찔러도 하나도 안 아플 만큼 흔들리지 않는 자존감을 키우거나, 베스트셀러가 된 곰돌이 푸 시리즈에서 '다 괜찮다'고 위로를 받으며 모멸감과 불안의 지뢰밭을 건너는 중이다. 그런데 우리 각자 그렇게 수련하면 행복해지는 걸까? 곰돌이 푸는 자기 소유 집이 있고 평등한 관계 속에 산다.

김승섭의《우리 몸이 세계라면》에 소득불평등과 '지위불안'의 상관관계를 살펴본 리처드 레이트 교수의 연구 결과가 나온다. "어떤 사람들은 내 직업이나 소득 때문에 나를 무시한다"는 질문에 응답자는 '전혀 그렇지 않다'에 1점, '매우 그렇다'엔 5점을 줬다. 유럽 31개국 3만 4,000명을 대상으로 설문해보니, 소득불평등이 높은 나라일수록 '지위불안'이 높았다. 〈유럽공중보건학회지〉에 나온 한 연구 결과에 따르면, 소득불평등 정도가 높은 나라 사람일수록 타인이 나를 이용할 거라는 의심이 크고 상대를 신뢰하지 않았다. 프랭크 엘가 교수가 발표한 연구에선 소득불평등이 심각한 나라일수록 학교폭력 가해자, 피해자 모두 늘어났다. 한국은 어떨까? 소득불평등 정도를 보여주는 지니계수는 1990년 0.256에서 2016년 0.278로 커졌다. 한국노동연구원 홍민기는 한국의 소득 상위 10퍼센트의 소득집중도가 1965년 19.8퍼센트에서 2016년 45.5퍼센트까지 늘었다고 분석했다. 일본은 42퍼센트, 영국 39.1퍼센트, 프랑스는 30.5퍼센트다.

모욕은 어쩌면 자기 불안을 감추는 수단인지도 모른다. 내가 너보다 높은 신분임을 매 순간 확인해야 마음이 편해지는 거 아닐까. 왜냐면 이곳에선 '신분'에 따라 '목숨'도 모욕당하기 때문이다. 2016년 지하철 2호선 구의역에서 스크린도어를 수리하던 비정규직 청년이 숨지고, 2018년 태안화력발전소에서 비정규직 노동자 김용균 씨가 컨베이어 벨트에 끼어 숨졌다. '위험의 외주화'를 막아보자는 산업안전보건법은 '경제가 엉망'이라는 이유로 여기저기 구멍이 숭숭 뚫렸다. 제도가 모욕하는 이곳에서 내 자존감만 키우면 나는 괜찮아지는 걸까? 전 국민이 도가 터 공중부양이라도 해야 모욕으로부터 자유로울 수 있을까?

드라마 〈알함브라 궁전의 추억〉의 주인공 진우는 증강현실 게임에 강제 로그인돼 일생의 적이자 친구인 형석을 죽이고 또 죽여야 한다. 아니면 자기가 죽는다. "그만하면 안 될까?" 하소

연해도 소용없다. 게임 속 형석은 나타나고 또 나타나니까. "미친 사람에게도 논리가 있고 미친 세상에도 법칙이 있어." 진우는 그 법칙대로 게임 속 레벨을 끌어올리는 방법을 택한다. 고수가 되어 총을 쥐니 형석이 나타나도 무섭지 않지만 여전히 술과 약 없이는 버틸 수 없는 삶이다.

모멸감 지뢰가 깔린 세상으로 우리도 강제 로그인된다. 죽도록 아이템을 끌어 모아 레벨업할 수도 있다. 아니면 마음의 내공을 쌓아 '그까짓 모욕쯤이야 네 입만 더럽지'라며 자존감 만렙으로 넘길 수도 있다. 그래도 '형석'은 나오고 또 나온다. 우리가 게임의 법칙을 바꿀 때까지.

공정한 척하는 불공정

몸이 아프면 꾸는 악몽이 있었다. 대학을 졸업한 뒤에도 한동안 똑같은 꿈을 꿨다. 고등학교 시험 기간이다. 그날 수학 시험을 보는 줄 알았다. 시험장에 가니 국어 시간이다. 한 문제도 모르겠다. 글자가 뱅뱅 돈다. 그러다 잠이 깨곤 했다. 입사한 뒤에 이 꿈은 다른 악몽으로 대체됐다.

시험 악몽은 고통의 그림자다. 중1부터 고3까지 끔찍했다.

맨날 절벽 위에 서 있는 기분이었다. 이상한 건 그 고통의 기능이다. 이 게임의 법칙에 내가 동의해서 고통의 트랙을 달렸던 건 아니다. 그런 거 생각할 시간이 어디 있나. 뛰기도 죽을 맛이다. 그런데 출구를 빠져나오고 '간판'을 따자 이 게임이 공정했다고 믿고 싶어졌다. 이게 공정한 게임이 아니라면 내 고통의 의미가 없어지니까. 그 고통을 뚫고 얻은 간판 뒤에 오래 머물고 싶으니까. 그걸 벗어던지는 게 두려우니까. 불혹을 넘기고도 그렇다. 고등학교 때 공부를 별로 못했던 동창이 성공해 나타나면 나도 모르게 이런 생각이 든다. '뭐야, 불공평해.' 내가 열다섯 살에 피똥을 싸는 훈련으로 귀청을 뜯어내는 데시벨의 방귀를 뀌는 신공을 터득했다고 내가 지금 고소득을 얻어야 하는 건 아닌데 말이다. 그런데도 '내가 그때 얼마나 고생했는데…'란다. 어떤 고통은 타인을 향한 통로가 되는데 어떤 고통은 차별을 합리화하는 데 쓰인다.

"난 열심히 하지 않아서 세상에 나온 거다. 열심히 하지 않아서 버려진 거다." 드라마 〈미생〉에서 장그래는 이렇게 읊조렸다. 고등학교를 자퇴하고 바둑을 뒀다. 생활고 탓에 편의점, 목욕탕 아르바이트를 전전하며 바둑을 병행하다 프로 기사가 되는 데 실패했다. 대기업 인턴이 돼 온갖 모욕을 감수하다 프레젠테이션 경쟁에서 이겨 계약직 사원이 된다. 그때 떨어진 상현은 엘리트 코스를 밟은 인턴 동기 장백기에게 울분을 토한다. "공평한 기회? 웃기고 있네. 걔가 어떻게 우리랑 공평한 기회를 나눠요. 우리 엄마가 나 학원 보내고 과외 붙이려고 쓴 돈이 얼만데. 우리 엄마 고생이 얼만데. 이거는 역차별이라고요. 나도 좀 놀걸, 중고딩 내내 12시 전에 자본 적이 없었어요. 초딩 때 학원만 몇 개를 돌았다고요. 대학 때는 그 어학연수 근데… 이게 뭐야." 이름 자체가 '그래'다. 시청자 속 터지게 모든 모욕에 '예스' 하며 '노오력'하는 인물이다. 상현은 자기가 겪은 고통 때문에 다른 고통을 겪어온 장그래를 인정할 수가 없다.

사회학자 오찬호가 쓴 《우리는 차별에 찬성합니다》에는 수능 점수표대로 사람을 일렬로 세우는 20대 이야기가 나온다. 이러다 소수점 세 자리까지 따지겠다. 같은 과 안에서도 '지균충'(지역균형발전 전형으로 들어온 입학생), '수시충'(수시로 들어온 입학생)은 성골이 아닌 육두품 취급한다. 그 밑에 깔린 전제는 이렇다. '시스템은 바꿀 수 없는 상수다. 수능은 공정한 경쟁이다. 나쁜 점수는 자기계발에 실패한 결과다. 그 1점을 높이려고 얼마나 많은 밤을 새웠나.' 한 학생은 이렇게 고백했다. "당시 나는 수능점수가 재수까지 해서 힘들게 획득한 상품권이라 생각했고 그것을 내가 살 수 있는 최대의 가격표가 붙어 있는 대학에 사용했다."[79] 나노 단위로 나뉜 위계 속에서 우월감과 열등감이 꼬리를 무는 무한 루프를 돈다. 책에는 '괴물이 된 이십대의 자화상'이란 부제가 붙었는데, 20대만? 20대가 기성세대 눈에 특히 그렇게 보인다면 기성세대가 청춘일 때보다 지금 그들이 더 불안해서일 거다.

사실 모두 내심 안다. 이 경주는 출발선이 다 다르다. 어떤 이는 모래 자루를 차고 뛰어야 한다. 책에 나온 수치만 봐도 서울대 신입생의 아버지 65퍼센트는 사무직, 전문직, 경영관리직 종사자였다. 비숙련 단순노동자는 0.9퍼센트다.[80] 서울 출신 일반고 합격자 70퍼센트가 강남, 서초, 송파 출신이었다.[81] 한국직업능력개발원이 2009~2010년 대학을 졸업한 1만 4,349명을 조사해 발표한 〈부모의 소득계층과 자녀의 취업 스펙〉 보고서를 보면, 어학연수 경험이 있는 경우 대기업 취업 확률이 49퍼센트 높아지는데, 부모의 소득이 월 200만 원 미만일 때는 자녀의 어학연수 비율이 10퍼센트, 월 700만 원 이상일 때는 32퍼센트였다.

시험으로 무엇을 검증하나? 9급 공무원 시험을 준비하는 한 청년은 괴로운 건 컵밥이 아니라 '이걸 왜 알아야 하나?'라는 의문이라고 했다. "을사늑약이 맺어진 곳은? 질문이 이러면 이제 변별력이 없어요. 다 알아요. 그래서 을사늑약이 맺어진 방은? 이렇게 물어요." 그 방의 이름을 아는 게 좋은 공무원이 되는 거랑 무슨 상관인가? 장강명은 르포 《당선, 합격, 계급》에서 2017년 지방직 9급 공무원 임용시험의 국어 기출 문제를 예로 들었다. 괄호에 들어갈 숫자의 합을 구하는 거다. "쌈: 바늘 ( ) 개를 묶어 세는 단위. 제: 한약의 분량을 나타내는 단위. 한 제는 탕약 ( )첩. 거리: 한 거리는 오이나 가지 ( )개."[82] 글로 밥벌이 하는 장강명 작가도 못 맞히겠다고 했다. 2014년 삼성그룹 상반기 신입사원 공채 필기시험에는 이런 문제가 나왔다고 한다. "①아침 점심 저녁 ②5월 6월 7월 ③ㄱ ㄴ ㄷ ④가을 겨울 봄 ⑤일요일 월요일 화요일. 이 중 성격이 다른 걸 고르시오."[83] 기준에 따라 모든 게 다 답이 될 수 있는데 한 개만 골라야 한다. 쌈이 바늘 몇 개를 세는 단위인지 아는 사람과 모르는 사람 사이 실력 차이는 뭘까? 뭐건 그에 따라 '신분'이 갈리고, 한 번 갈리면 되돌리기 어렵다. 공정하지 않다고? 컵밥 1,000 그릇을 먹고 시험에 붙고 나면 공정하다고 믿고 싶어질 거다.

고통을 통과해 용케 출입구를 찾은 사람은 그 과정이 공정하지 않다고 인정하는 게 괴롭다. 운이라고 생각하면 자기 안

전이 흔들린다. 시험을 통과하지 못한 사람에게도 마찬가지다. 화병만 난다. 세상을 바꾸자고 하기엔 엄두가 안 난다. 차라리 자기 노력이 부족해서 그렇다고 믿는 게 속 편하다. 그래야 지금 할 수 있는 일이 생기니까. 그렇게 고통의 무한 루프를 돌며 악몽을 꾸고 있는지도 모르겠다. 자기 고통으로 남의 고통을 합리화하면서.

공정한 척하는 불공정이 제일 불공정하다. 약자에게 실패의 책임을 묻기 때문이다. 세상을 뜯어고칠 뾰족한 방법은 없더라도 최소한 인정할 수는 없을까? 이건 정말 불공정해! 만약 당신이 이 게임에서 이겼다면, 운이 큰 몫을 했다. 그러니 당신은 갚아야 할 빚이 있다.

79
오찬호 지음,
《우리는 차별에 찬성합니다》,
개마고원, 2013.

80
2010년 《동아일보》
기사 재인용

81
2013년 《조선일보》
기사 재인용

82, 83
장강명 지음,
《당선, 합격, 계급》에서
재인용,
민음사, 2018.

환대,
서로 사람임을
확인해주는 것

한 강연을 듣다 부아가 치밀었다. 강연 내용 때문이 아니었다. 한 시간 반짜리 강연인데 두 시간을 훌쩍 넘기고 있다. 강사는 제 흥에 취해 있었다. 나는 고개를 외로 틀고 눈을 흘겼다. "그만해! 듣기 싫어!" 속으로 막말 중이다. 누가 됐건 내가 동의하지 않았는데 길게 말하면 분통이 터진다. 아무리 좋은 말씀이라도 그렇다. 왜 이토록 화가 날까?

아무 때나 과잉반응이다.

얼굴이 붉으락푸르락해지는 그 순간, 나는 80년대 경기도 광명시에 있던 한 초등학교 운동장으로 되돌아가 있었다. 5학년을 보낸 곳이다. 월요일 조회 시간은 애들 두세 명이 기절해야 끝났다. 교장은 차양이 처진 조회대에서 배를 난간에 걸치고 하염없이 말을 쏟아냈다. 어린이인 우리는 그 훈화를 들을 건지 말 건지 결정할 권리가 없었다. 토를 달다가는 토 나오게 맞는 수가 있었다.

교장의 말은 8월의 뙤약볕처럼 쏟아졌고 우리는 열중 쉬어 자세로 견뎠다. 하루는 내 앞에 선 아이가 짧은 빨대에 단맛 나는 젤리를 넣은 '아폴로'를 몰래 까먹었다. 빈 빨대 하나 툭, 두 개 툭, 그 아이 발꿈치 쪽으로 빨대들이 쌓여갔다. 조마조마했다. 걸릴 텐데. 빨대는 곧 동산을 이뤘다. '퍽.' 한 선생님이 그 아이 뒤통수를 후려치자 아이 몸이 앞으로 쏠렸다. 그즈음부터 일방적으로 쏟아지는 말은 나에겐 언어가 아니었다. 상대가 듣고 싶건 말건 쏟아지는 그런 말들은 내게 내용과 관계없이 똑같은 메시지를 전달했다. 들어야만 하는 나는, 말하고 싶은 만큼 말하는 당신과 같은 '사람'이 아니라는 모욕이다.

그 학교엔 유독 규칙이 많았다. 실내화는 흰색으로 깨끗해야 한다. 회색빛이 돌면 실내화로 따귀를 맞는다. 줄은 똑바로 서야 한다. 직선에서 삐져나오면 머리통을 얻어맞는다. 운동회에서 부채춤을 출 때는 모든 학생이 똑같이 움직여야 한다. 한 명이라도 반대 방향으로 돌면 처음부터 다시 시작이다. 왜 전교생이 부채춤 달인이 되어야 하나. 때는 80년대다. 다리 너머로 서울이 보였던 그곳에서 5학년이 되면 '엑소더스'가 벌어졌다. 학부모가 아이들 학교에 관심이 있고 능력이 되면 다리 건너 서울로 이사했다. 중학교 배정을 그쪽에서 받으려는 거다. 서울로 가지 못하고 남은 아이들은 왜 필요한지 모를 오만 가지 규칙을 어겼다는 이유로 얻어맞았다. 사람대접을 해주지 않으면서 자꾸 사람이 되라고 했다. 초중고 학교생활을 통틀어 뼛속까지 배운 것은 사실 한 가지다. 한국에서 사람대접을 받으려면, 수많은 조건들을 충족시켜야 한다는 거다. 모든 인간은 평등하고 인간이라는 이유만으로 존중받는다는 건 순 뻥인 걸, 열한 살 때 조회 시간에 기절하며, 열일곱 살에 성적 따라 책상을 옮기며 배웠다.

김현경의 책《사람, 장소, 환대》를 보면, 현대사회의 도덕적 토대는 무조건적 '환대'다. 인격을 '신성한 것'이라 보고 인간에게 사회 속에 자리, 즉 장소를 내어주는 것이 환대다. 사람대접을 해서 사람임을 서로 확인해주는 것이다. 매 순간 벌어지는 일상적 상호 의례로 우리는 사회 속에서 사람으로서 '성원권'을 확인한다. '현대사회'의 상호작용에 참여하는 모든 개인의 권리이자 의무다.

어떻게 사람은 물건이 되나? 수용소에서 입소자들을 다루는 방식은 거의 비슷하다. 사적인 공간과 개인 물품을 모두 뺐고, 번호로 부른다. 똑같은 옷을 입히고 똑같이 머리를 자른다. 체벌을 하거나 특정 자세를 강요하는 식으로 몸을 침범하고 언어로 모욕한다. 이렇게 '신성한 것', 인격을 거둬내면 다루기 쉬운 물건이 된다.

"체벌은 언제나 단 하나의 메시지를 반복적으로 전달한다. 바로 체벌이 언제라도 반복될 수 있다는 사실이다. 너의 몸은 온전히 너의 것이 아니며, 나는 언제든 너에게 손댈 수 있다는 가르침이다."[84]

80년대는 그렇다 치고, 지금도 학생인권조례며 두발자유화가 논란거리다. 두발규제로 탈선을 막는다면, 성인들이야말로 머리를 깎아야 하는 것 아닌가. 제 머리털도 제 맘대로 못하게 하는 두발규제는 체벌과 같이 상대를 '사람이 아닌 존재'로 대접해 쉽게 통제하려는 것이라고, 나는 생각한다. 지금 학교에서는 아이들을 두들겨 패지 않는다고 하는데, 80년대나 지금이나 학벌 협박으로 아이들의 몸을 책상 앞에 묶어두지 않나.

인간은 모두 존엄하고 평등하다면서 '굴욕을 받아들일래 실업자 할래' 이런 선택지를 강요하는 걸 제도로 정당화한다. 왜 그래야 하는지 모른 채 일하는 내내 서 있도록 강요받고 문자로 해고당하는 노동자에게 '네 인격은 신성하니 알아서 지키라'고 말할 수는 없다. 사람으로 대접받으려면 수단이 필요하다. 자존감은 맨땅에서 자라지 않는다. 타인에게 굴종하지 않아도 사람의 지위를 유지하려면 반드시 필요한 것이 재분배이며 공공성의 확대라고 저자는 말한다. 환대가 조건부라면, 이는 이미 사회가 아닌 전쟁터다. 학교에서 이미 눈치챘다.

"우리 사회의 신분주의가 위험 수위에 이르렀음을 알리는 가장 날카로운 경고음은 교실에서 나온다. 교실 내의 위계는 사회의 위계를 닮았다. (…) 지금 아이들은 사회에 나갔을 때 꼭 필요한 두 가지 기술—경멸하는 법과 경멸에 대처하는 법—을 익히는 중이다."[85]

영화 〈기생충〉에서 박 사장은 반지하에 사는 사람들을 냄새로 구별한다. 그는 때리지도 임금을 체불하지도 않았으니 상대적으로 악질은 아니다. 다만 못 견디겠다는 듯 코를 틀어쥘 뿐이다. 냄새는 동물성을 떠올리게 한다. 박 사장은 반지하 사람들을 자신과 같은 인간으로 보지 않는다. 그 지점에서 반지하 사는 아빠가 폭발해버린다. '휴거'(임대아파트에 사는 거지), '빌거'(빌라 사는 거지), '이백충'(한 달에 200만 원 이하 버는 사람)…. 현실 속 아이들도 사는 곳에 따라 또래를 차별하기 시작했다.

학원을 다섯 곳 다닌다는 초등학교 5학년 아이에게 물은 적이 있다. 네 마음대로 시간표를 다시 짠다면 어떻게 할래? 아이는 학원 수는 줄이겠지만 몇 개는 다니겠다고 했다. 놀랐다. "나중에 취업해 먹고살려면 그래야 해요." 일인당 국민총생산이 3만 달러가 넘는 한국에서 아이는 생존하지 못할까 두려웠을까? 아니면 사람답게 생존하지 못할까 두려웠을까? 무엇 무엇이 되지 않으면 사람이 될 수 없다고 공포를 조장하고 매일 시현하는 사회에서 꿈나무로 자라라니, 무슨 '미션 임파서블'인가. 그 아이는 이미 이 땅에서 쉽게 '벌레' 취급당할 수 있다는 걸 알고 있다.

84, 85

김현경 지음,
《사람, 장소, 환대》,
문학과지성사, 2015.

동갑내기 종선 씨가 매를 맞을 때

한종선 씨와 나는 동갑내기다. 몇 달 차이 나는지는 알 수 없다. 여덟 살 종선 씨가 부산 형제복지원에 끌려갈 때 찍은 입소 카드에는 그의 생일이 없다. '1975년 이하 미상'(실제론 1976년생), 소년의 사진 아래에 숫자가 쓰여 있다. 84-10-3618. 그는 '부랑인' 강제수용소 형제복지원에서 3년을 살았다. 그가 전규찬, 박래군과 함께 쓴 책 《살아남은 아

이 : 우리는 어떻게 공모자가 되었나?》는 생존기다. 이 생존기 앞에 알맞은 형용사를 대한민국에서 '국민'으로 산 나는 떠올릴 수가 없다.

종선 씨의 아버지는 구두닦이였다. 그는 어머니를 기억하지 못한다. 세 살 터울의 누나가 라면을 끓여주고 글씨를 가르쳐줬다. 종선 씨는 학교 앞에서 파는 '달고나'를 좋아했다. 누나는 종선 씨에게 줄 달고나를 만들려고 설탕을 녹이다 발등에 화상을 입었다.

1984년 10월 16일 아버지는 누나와 종선 씨에게 새 옷을 입혀 동네 파출소에 데려갔다. 조금 있다 오겠다고 했다. 아버지가 아니라 검은색 지프차가 왔다. 몽둥이를 찬 사람들이 오누이를 차에 실었다. 종선 씨가 울자 따귀를 때렸다. 그의 키는 111센티미터였다. 복지원에서 누나는 23소대로, 종선 씨는 24소대로 보내졌다. '바리깡'으로 머리를 쥐어뜯겨 땜통이 생겼다. 감색 추리닝과 검정 고무신을 줬다. 한 소대는 120여 명이고 소대장, 중대장, 그리고 원장이 통제했다.

소년은 새벽 4시에 기상한다. 조장들이 물을 세 번 붓는 사이 소금으로 이를 닦는다. 구보가 끝나면 3,500여 명이 밥을 먹는다. 5분 안에 먹는다. 선착순 몇 명 안에 들지 못하면 매타작이다. 아이들은 배가 고파 지네를 잡아먹기도 한다.

겨울, 그가 추리닝 소매를 길게 빼서 손을 가렸다. 지나가던 원장이 봤다. “소대장 누구야!” 소년은 각종 매타작을 당했다. ‘이불말이’, 담요로 둘둘 말고 팬다. 잘못 맞으면 머리가 깨진다. ‘히로시마’, 물구나무서서 맞는다. ‘나룻배’, 머리와 발꿈치를 15센티미터 높이로 든 채 맞는다. ‘전깃줄’, 두 발을 벌리고 어깨 너머로 두 손을 넘겨 벽을 짚은 채 맞는다. 매일 맞는다.

겨울, 빨래하는 날. 아홉 살 종선 씨와 또래 아이들은 빨래 보자기 위에서 잠깐 뛰어 놀았다. 조장이 봤다. 종선 씨는 발가벗겨진 채 손발이 묶였다. 조장은 찬물을 부었다. 온몸이 얼어붙었다. “살려주세요.” 또 다른, 비슷한, 어느 날, 조장 기분이 안 좋다. ‘타작’이 시작됐다. 기합받던 한 원생이 간질 발작을 일으켰다. 조장은 더 짜증이 나 그를 밟았다. ‘퍽.’ 소년은 그 간질 환자의 풀린 눈을 보았다. 그 원생은 소대로 돌아오지 못했다. 복지원 안에 있는 교회 옆에 무덤이 늘어갔다. 어느 일요일, 아홉 살 종선 씨는 성폭행당했다.

한해 전 누나가 동생을 보러 왔다가 머리채를 잡혀 질질 끌려갔다. “네 누나 따먹혔다며?” 여덟 살 종선 씨는 그 말을 이해하지 못했다. 그리고 얼마 뒤, “네 누나 미친년 다 됐다.” 누나가 보이지 않았다. 정신이상자를 감금한 신관으로 갔다고들 했다. 종선 씨는 창문에 매달려 누나가 있는 정신병동 쪽을 봤다. 누나는 몸에 손이 묶인 채 누워 있었다. 소년이 열한 살이 되던 해, 아버지까지 형제복지원에 끌려왔고 그곳에서 정신이상자가 됐다.

1987년 열두 살 종선 씨는 형제복지원을 벗어났다. 그해 원장 박인근이 원생들을 동원해 자기 땅에 목장과 운전교습소를 지었다. 축사에 가두고 중노동을 시켰다. 한 명이 맞아 죽었다. 김용원 검사가 수사를 시작했다. 종선 씨는 서울 소년의 집으로 보내졌다. 아버지와 누나 소식은 알 수 없었다. 형제복지원에 갇혀 있던 3,500여 명 중 성인 대다수는 땡전 한 푼 없이 거리로 내몰렸다. 거리에서 죽었다. 몇 명? 알 수 없다.

누나와 아버지가 어디 있는지, 10년이 넘어 알았다. 구두 공장에 취직했는데 사장은 주민등록증이 없던 종선 씨의 임금을 떼먹었다. 임금을 달라고 하니 "경찰에 신고해 복지원으로 보내버리겠다"고 협박했다. 배달, 막노동, 닥치는 대로 일했다. 공사판에서 허리를 다쳤다. 산재 신청은 받아들여지지 않았다. 기초생활수급자 신청을 하러 동사무소에 찾아간 날, 누나와 아버지 소식을 알게 됐다. 정신병원에 있다고 했다.

그는 '인간'이 되기 위해 생각했다. 언제부터 잘못됐나. 2012년 뙤약볕 아래, 국회 앞에서 1인 시위를 벌였다. 모두 지나쳤다. "87년이었다면 복지원으로 끌려왔을 행색"을 하고 있던 한 사람, 국회에 세미나 때문에 왔던 전규찬 교수(한국예술종합학교)가 그의 앞에서 멈췄다. 그리고 이야기를 들어주었다. 종선 씨는 그 순간 "분노 대신에 희망이라는 것이 내 가슴에 자리 잡게 되었다"[86]고 썼다.

종선 씨가 태어나기 한 해 전인 1975년 12월 15일, 내무부 훈령 410호가 발표됐다. '부랑인의 신고, 단속, 수용, 보호와 귀향 및 사후관리에 관한 사무 처리 지침.' 12년간 500명 넘게 숨진 형제복지원의 박인근 원장은 이 훈령에 따른 것일 뿐이라는 이유로 불법감금 등에 대해 무죄를 선고받았다. 국고보조금 횡령 등만 인정됐다. 재판을 거치며 횡령 액수도 애초 11억에서 6억으로 대폭 깎여 2년 6개월 징역을 살고 나왔다. 여전히 수백억 대 재산가인 그는 다시 형제재단 이사가 됐다. 이후 재단 이사장 자리를 아들에게 물려줬다. 86년 아시안 게임, 88년 올림픽을 앞두고 전두환 정권은 "관광객에게 깨끗한 인상을 주고 국민들의 불쾌감을 없애기 위해" 대규모 단속을 벌였다. '국민의 안녕'을 위한 '정화사업'은 치적이었다. 종선 씨의 가족은 그때 '단속'당했다. 폭력과 감금은 형제복지원으로 끝났나? 1997년 에바다복지회 사건, 2004년 청암재단 사건, 2006년 성람재단 사건, 2011년 인화학교 사건….

나도 종선 씨처럼 아홉 살 때 달고나를 좋아했다. 나는 국민이었고, 그는 비국민이었다. 가르는 기준은, 운이었다. 나는 운 좋게 중산층 가정에서 태어났다. 그가 수용소에서 맞을 때, 나는 아파트에 살았다. 86년 아시안 게임 때는 호돌이를 그렸다. 그해 공익광고에서 노란색 원피스를 입은 어린이가 들판을 달렸다. "우리의 땀과 정성이 결실이 되어 돌아오고 있습니다. 서로 믿고 돕는 화합, 오대양 육대주로 뻗어가는 민족 저력."

종선 씨는 이렇게 썼다. "그 당시 거지나 장애인, 노숙자가 사라져 부산 지역이 깨끗해졌다며 좋아했던 이들도 있을 것이다."[87] 서울역 앞을 지날 때 노숙인들을 보면 고개를 돌리고 가는 나도 그랬을 것이다. 장애인들이 탈시설을 외치며 시위할 때면 속으로 되물었다. '어디로 갈 수 있지?' 그래서, 종선 씨가 쓴 책 《살아남은 아이》의 부제는 '우리는 어떻게 공모자가 되었나'다.

종선 씨의 꿈은 이렇게 말할 수 있는 날이다. "누나 집에 가자." 형제복지원 피해자들은 300일 넘게 농성 중이다. 국가는 사죄할까? 형제복지원뿐일까? 1986년 말만 따져도 '부랑인' 시설 36개 소에 1만 6,000여 명이 수용돼 있었다. 마흔을 넘어 방황 중이라는 나, 그토록 사치스럽게 아무것도 하지 않은 나에게 욕지기가 올라온다.

86, 87

전규찬, 한종선, 박래균 지음,
《살아남은 아이 : 우리는 어떻게 공모자가 되었나?》,
문주, 2013.

잿더미에서
스스로 부활한 사람들

화마는 갑자기 덮쳤다. 정인숙 씨는 그날 배달 음식점 문을 열었다. 이사 가기 전날이라 오전 장사만 할 생각이었다. 가스레인지를 켜자 불길이 천장으로 솟구쳐 올랐다. 인숙 씨는 86퍼센트 전신 화상을 입었다. 치료 과정은 지옥이었다. 그야말로 살을 뜯어내는 치료를 받는 날엔 아침부터 온몸이 떨렸다. 퇴원 후 몇 년 동안 인숙 씨는 옷을 입지 못했다. 몸속에 화기가 남아 있었기 때문이다. 곪아가는 피부가 뼈를 옥죘다. 화상 수술은 미용으로 분류돼 보험 적용이 안 됐다. 남편이 떠났다. 친정 식구들이 떠났다. 화상 경험자 일곱 명의 인터뷰집 《나를 보라, 있는 그대로》는 잿더미에서 스스로 부활한 사람들의 이야기다.

문을 두드린 사람들이 있었다. 인숙 씨는 열어주지 않았다. 먹거리가 담긴 비닐봉지를 문고리에 걸어두고 갔다. "몇 번쯤 오다가 관둘 만도 한데 정말 문을 열 때까지 오더라고요." 동네 복지관 사람들, 간호사들이었다. 인숙 씨는 그 손을 잡았다. 그녀는 고흐의 〈별이 빛나는 밤에〉 직소 퍼즐을 샀다. 1,000 조각짜리다. 엄두가 나지 않았다. 헤맸다. 그 조각을 모두 맞추고 〈아몬드 나무〉 퍼즐도 샀다. 인숙 씨는 자신의 손을 잡고 삶을 한 조각씩 재조립했다. "나는 다시 태어난 거구나. 걸음마부터 다시 시작해야 하는구나."

인숙 씨는 아무 잘못이 없다. 고통은 제멋대로 와 숙제를 던졌다. 그녀는 그 숙제에 대면했다. 그 과정을 통과하자 '있는 그대로'의 자신이 보였다. 고통이 선물한 자유이기도 했다. "어떤 일도 일어날 수 있고, 그럴 수 있는 일이라고 생각해요. 이렇게 살아야 해, 이건 꼭 해야 해, 저건 절대로 안 돼, 같은 생각은 없어졌어요. 힘든 과정을 거치면서 하나씩 내려놓은 거죠. 그건 나를 있는 그대로 받아들인다는 뜻이에요. 아무리 부정해봤자 어떤 변화도 오지 않아요. 크든 작든 모두 아프죠. 중요한 건 받아들이는 것의 차이인 것 같아요."[88]

윌리엄 서머셋 몸의 소설 《인간의 굴레에서》는 아홉 살에 고아가 된 필립의 성장기다. 한쪽 다리를 저는 그는 엄격한 목사인 백부 집에서 자란다. 뒤틀린 한쪽 발을 숨기려 필립은 자기 속으로 파고든다. 종교와 예술을 탐구하는 사람이다. 그에게 사랑은 사고처럼 왔다. 아무 이유도 없이 들이닥쳐 필립의 자유의지나 이성 따위는 간단하게 즈려밟았다. 카페 종업원 밀드레드 앞에서 필립은 속수무책이다. 밀드레드가 특별했던 건 아니다. 속물이다. 필립의 장애도 우스개로 모욕한다. 극장 구경 갈 때만 필립이 필요하다. 밀드레드의 마력이라면 필립의 사랑을 개똥 보듯 한다는 점이다. 필립도 안다. 다만 어쩔 수가 없다. 그는 오갈 데 없는 밀드레드를 보살피는데 그 와중에 밀드레드는 필립의 친구 그리피스와 눈이 맞는다. 필립은 그 둘이 여행 갈 수 있도록 경비까지 대준다. 밀드레드는 찡그림만으로 필립에게 치명적 내상을 입힐 수 있지만 필립의 어떤 말도 밀드레드에게 상처 줄 수 없다. 사랑받지 못해 사랑할 수밖에 없는 고통을 지나며 필립은 '있는 그대로'의 자기, 실은 아무것도 아니기에 자유로운 자기를 본다.

필립의 이야기는 윌리엄 서머셋 몸의 삶과 겹친다. 서머셋 몸은 열 살에 부모를 잃었다. 말을 심하게 더듬었다. 서머셋 몸이 필립으로 자신의 삶을 복기하며 하고 싶었던 말은 '페르시아 양탄자'에 담겼다. 시집 하나 제대로 낸 적 없는 술고래 시인이 필립에게 준 선물이다. 화가가 되려다 포기하고, 의대에 진학했다 빈털터리가 되고, 여기저기 노숙하며 자살을 고민하고, 사랑이라 믿었던 자기 마음이 순식간에 차가워지는 걸 목도한 뒤에야 필립은 여러 겹의 실을 이어 무늬를 이룬 양탄자를 다시 본다. 행복이건 불행이건 어쨌든 자신의 무늬를 완성하는 데 필요한 실가닥들이었다.

필립은 자신의 고통과 결핍을 직면하며 타인을 이해한다. 이해에 연민이 따랐다. 자신이 어쩔 수 없이 사랑했듯, 밀드레드도 어쩔 수 없었다.

"고맙습니다." 화상 경험자 일곱 명은 모두 그렇게 말한다. 정인숙 씨는 사고 이후 세상을 보는 눈이 달라졌다고 했다. "그때부터 생각했던 것 같아요. 다른 장애를 갖고 있는 사람들은 얼마나 불편할까. 다치기 전에는 나 살기 바빴으니까 남을 돌아볼 줄 몰랐거든요. '힘들겠다, 안됐구나' 이 정도였지 어떤 게 불편할지, 얼마나 힘들지 그렇게까지 깊이 생각해보진 않았던 것 같아요."[89] 전기 외선 작업을 하다 화상으로 한쪽 팔을 잃은 송영훈 씨는 자기 고통에 공감해줄 사람을 찾아 한밤에 병원을 헤맸다. 지금 그는 화상 환자들의 고통에 공감하는 멘토다. 하청 노동자 정범식 씨가 해저터널에서 사고를 당했을 때 회사는 산업재해를 숨기려 구급차도 부르지 않았다. 몸은 화상으로 마음은 소송으로 만신창이가 됐던 그가 이제 말한다. "저한테 행복은 뭐냐면, 조금 이상하게 들릴 수 있지만, 제 정신세계가 지금보다 더 성숙해지는 거예요. 그러면 제가 바라보는 가정도, 세상도 더 아름다워질 거 아녜요. 지금 이렇게 말하면서도 울컥해요. 힘든 과정을 거치면서 고마운 게 많거든요. (…) 내 아픔이 나의 정신을 망가뜨리는 대로 끌려가지 않고 내 마음을 살찌우는 계기를 꼭 찾으셔야 해요."[90]

MBN 〈나는 자연인이다〉라는 프로그램에 말벌아저씨 허명구 씨가 나온 적이 있다. 산속에서 홀로 벌을 치며 농사짓는다. 이 중년 남자는 벌통을 지킨다. 방문한 연예인 윤택이 말려놓은 고추를 보며 "이거 다 농사지으신…" 하는 사이에 후다닥,

윤택에게 등목을 해주다가 후다닥, 깨를 털다 후다닥, 허명구 씨는 일벌을 구하러 달려간다. 파리채를 들고 말벌을 몰아낸다. 어떻게 고통을 통과하며 연민과 공감, 연대로 나아가나. 어떻게 아무것도 아닌 자기를 기쁘게 받아들이고 모든 경험을 환영하며 양탄자를 완성해가나. "천국은 마음이 가난한 자의 것"이란 말은 진짜인가 보다. 고통을 마주볼 자신이 없는 나는 실패할지도 모르겠다. 다만, 일단은 절망이 몰아닥칠 때마다, 말벌을 쫓아내듯, 후다닥.

88, 89, 90

송효정, 박희정 외 지음,
《나를 보라, 있는 그대로》,
온다프레스, 2018.

가끔 사는 게 창피하다

초판 1쇄 인쇄 2020년 2월 21일
초판 1쇄 발행 2020년 2월 27일

지은이 김소민
펴낸이 이상훈
편집인 김수영
본부장 정진항
편집1팀 김단희 고우리
마케팅 천용호 조재성 박신영 조은별 노유리
경영지원 정혜진 이송이

펴낸 곳 한겨레출판(주) www.hanibook.co.kr
등록 2006년 1월 4일 제313-2006-00003호
주소 서울시 마포구 창전로 70(신수동) 화수목빌딩 5층
전화 02) 6383-1602~3 팩스 02) 6383-1610
대표메일 humanities@hanibook.co.kr

ISBN 979-11-6040-366-4 03810

• 책값은 뒤표지에 있습니다.
• 파본은 구입하신 서점에서 바꾸어 드립니다.